La importancia de llamarse Ernesto

Oscar Wilde

La importancia de llamarse Ernesto: Una comedia trivial para gente seria

Nueva traducción al español
traducido del inglés por Guillermo Tirelli

ROSETTA EDU

Título original: *The Importance of Being Earnest*

Primera publicación: 1895

Primera edición: Diciembre 2024

Publicado por Rosetta Edu
Londres, Diciembre 2024
www.rosettaedu.com

ISBN: 978-1-83647-060-1

CLÁSICOS EN ESPAÑOL

Rosetta Edu presenta en esta colección libros clásicos de la literatura universal en nuevas traducciones al español, con un lenguaje actual, comprensible y fiel al original.

Las ediciones consisten en textos íntegros y las traducciones prestan especial atención al vocabulario, dado que es el mismo contenido que ofrecemos en nuestras célebres ediciones bilingües utilizadas por estudiantes avanzados de lengua extranjera o de literatura moderna.

Acompañando la calidad del texto, los libros están impresos sobre papel de calidad, en formato de bolsillo o tapa dura, y con letra legible y de buen tamaño para dar un acceso más amplio a estas obras.

Rosetta Edu
Londres
www.rosettaedu.com

INDICE

LA IMPORTANCIA DE LLAMARSE ERNESTO[1]
Una comedia trivial para gente seria

PERSONAJES

JOHN WORTHING, J.P.
ALGERNON MONCRIEFF
REV. CANON CHASUBLE, D.D.
MERRIMAN, mayordomo
LANE, sirviente
LADY AUGUSTA BRACKNELL
HON. GWENDOLEN FAIRFAX
CECILY CARDEW
MISS PRISM, institutriz

ÉPOCA: El tiempo presente.

---

1 Su traducción literal sería *La importancia de ser serio*. El título en inglés tiene un doble sentido que se pierde en la traducción, ya que el nombre «Ernest» y la palabra «earnest» (serio) son homófonos.

Acto I

Escena. Habitación matinal en el piso de Algernon en Half-Moon Street. La habitación es lujosa y está artísticamente amueblada. Se oye el sonido de un piano en la habitación contigua.

[**Lane** está preparando el té de la tarde en la mesa y, tras el cese de la música, entra Algernon].

Algernon. ¿Ha oído lo que tocaba, Lane?

Lane. No me pareció educado escucharle, señor.

Algernon. Lo siento por eso, por su bien. No toco con precisión —cualquiera puede tocar con precisión— pero toco con una expresión maravillosa. En lo que respecta al piano, el sentimiento es mi fuerte. Guardo la ciencia para la Vida.

Lane. Sí, señor.

Algernon. Y, hablando de la ciencia de la Vida, ¿ha cortado los bocadillos de pepino para Lady Bracknell?

Lane. Sí, señor. [Los entrega en una bandeja].

Algernon. [Los inspecciona, toma dos y se sienta en el sofá]. ¡Oh...! por cierto, Lane, veo en su cuaderno que el jueves por la noche, cuando Lord Shoreman y Mr. Worthing cenaron conmigo, fueron anotadas ocho botellas de champán como consumidas.

Lane. Sí, señor; ocho botellas y una pinta.

Algernon. ¿Por qué en un establecimiento de solteros los criados beben invariablemente el champán? Se lo pregunto simplemente para informarme.

Lane. Lo atribuyo a la calidad superior del vino, señor. He observado a menudo que en los hogares de casados el champán rara vez es de primera calidad.

Algernon. ¡Santo cielo! ¿Es el matrimonio tan desmoralizador como eso?

Lane. Creo que *es* un estado muy agradable, señor. Yo misma he tenido muy poca experiencia de ello hasta ahora. Sólo me he casado una vez. Eso fue a consecuencia de un malentendido entre una joven y yo.

Algernon. [Lánguidamente]. No sé si me interesa mucho su vida familiar, Lane.

Lane. No, señor; no es un tema muy interesante. Yo misma nunca pienso en ello.

Algernon. Naturalmente, estoy seguro. Eso bastará, Lane, gracias.

Lane. Gracias, señor. [Sale Lane].

Algernon. Las opiniones de Lane sobre el matrimonio parecen algo laxas. Realmente, si los que están abajo no nos dan un buen ejemplo, ¿para qué nos sirven? Parecen, como clase, carecer por completo de sentido de la responsabilidad moral.

[Entra Lane].

Lane. Mr. Ernest Worthing.

[Entra Jack.]

[Sale Lane.]

Algernon. ¿Cómo estás, mi querido Ernest? ¿Qué te trae por la ciudad?

Jack. ¡Oh, placer, placer! ¿Qué otra cosa podría llevarle a uno a cualquier parte? ¡Comiendo, como siempre, ya veo, Algy!

Algernon. [Fríamente]. Creo que es costumbre, en la buena sociedad, tomar algún ligero refrigerio a las cinco de la tarde. ¿Dónde has estado desde el jueves pasado?

Jack. [Sentándose en el sofá]. En el campo.

Algernon. ¿Qué demonios haces allí?

Jack. [Quitándose los guantes]. Cuando uno está en la ciudad uno se divierte. Cuando uno está en el campo uno divierte a los demás. Es excesivamente aburrido.

Algernon. ¿Y quiénes son las personas a las que tú diviertes?

Jack. [Con displicencia]. Oh, los vecinos, los vecinos.

Algernon. ¿Tienes buenos vecinos en tu parte de Shropshire?

Jack. ¡Perfectamente horrible! Nunca hablé con uno de ellos.

Algernon. ¡Cuán inmensamente debes divertirlos! [Se acerca y toma un sándwich]. Por cierto, Shropshire es tu condado, ¿no?

Jack. ¿Eh? ¿Shropshire? Sí, por supuesto. ¡Vaya! ¿Por qué todas estas tazas? ¿Por qué sándwiches de pepino? ¿Por qué una extravagancia tan imprudente en alguien tan joven? ¿Quién viene a tomar el té?

Algernon. ¡Oh! simplemente la tía Augusta y Gwendolen.

Jack. ¡Qué delicia!

Algernon. Sí, eso está muy bien; pero me temo que la tía Augusta no aprobará del todo que estés aquí.

Jack. ¿Puedo preguntarte por qué?

Algernon. Mi querido amigo, la forma en que coqueteas con Gwendolen es perfectamente vergonzosa. Es casi tan mala como la forma en que Gwendolen coquetea contigo.

Jack. Estoy enamorado de Gwendolen. He venido a la ciudad expresamente para proponerle matrimonio.

Algernon. Creía que habías venido por placer... Yo llamo a eso negocios.

Jack. ¡Qué poco romántico eres!

ALGERNON. Realmente no veo nada romántico en proponer casamiento. Es muy romántico estar enamorado. Pero no hay nada romántico en una proposición definitiva. Porque, uno puede ser aceptado. Una suele serlo, creo. Entonces se acaba la emoción. La esencia misma del romanticismo es la incertidumbre. Si alguna vez me caso, desde luego intentaré olvidar el hecho.

JACK. No tengo ninguna duda al respecto, querido Algy. El Tribunal de Divorcios se inventó especialmente para la gente cuyos recuerdos están tan curiosamente constituidos.

ALGERNON. ¡Oh! es inútil especular sobre ese tema. Los divorcios se hacen en el Cielo… [**Jack** extiende la mano para coger un sándwich. **Algernon** interfiere de inmediato] Por favor, no toques los sándwiches de pepino. Están pedidos especialmente para la tía Augusta. [Toma uno y se lo come].

JACK. Bueno, tú los has estado comiendo todo el tiempo.

ALGERNON. Ese es un asunto muy diferente. Es mi tía. [Coge el plato de abajo]. Toma un poco de pan y mantequilla. El pan y la mantequilla son para Gwendolen. Gwendolen es devota del pan y la mantequilla.

JACK. [Avanza hacia la mesa y se sirve]. Y muy buen pan y mantequilla también es.

ALGERNON. Bueno, mi querido amigo, no hace falta que comas como si fueras a comértelo todo. Te comportas como si ya estuvieras casado con ella. Todavía no estás casado con ella y no creo que lo estés nunca.

JACK. ¿Por qué demonios dices eso?

ALGERNON. Bueno, en primer lugar las muchachas nunca se casan con los hombres con los que flirtean. A las muchachas no les parece bien.

JACK. ¡Oh, eso es una tontería!

ALGERNON. No lo es. Es una gran verdad. Explica el extraordinario número de solteros que se ven por todas partes. En segundo lugar, no doy mi consentimiento.

Jack. ¡Tu consentimiento!

Algernon. Mi querido amigo, Gwendolen es mi prima hermana. Y antes de que te permita casarte con ella, tendrás que aclarar todo el asunto de Cecily. [Suena la campanilla].

Jack. ¡Cecily! ¿Qué demonios quieres decir? ¡Qué quieres decir, Algy, con Cecily! No conozco a nadie con el nombre de Cecily.

[Entra **Lane**].

Algernon. Tráeme la pitillera que Mr. Worthing dejó en la sala de fumadores la última vez que cenó aquí.

Lane. Sí, señor. [**Lane** sale].

Jack. ¿Quieres decir que has tenido mi pitillera todo este tiempo? Ojalá me lo hubieras hecho saber. He estado escribiendo cartas frenéticas a Scotland Yard sobre ello. Estuve a punto de ofrecer una gran recompensa.

Algernon. Me gustaría que me ofrecieras una. Da la casualidad de que me cuesta más de lo normal.

Jack. No sirve de nada ofrecer una gran recompensa ahora que se ha encontrado.

[Entra **Lane** con la pitillera en una bandeja. **Algernon** la coge enseguida. **Lane sale**].

Algernon. Creo que es bastante mezquino de tu parte, Ernest, debo decir. [Abre el estuche y lo examina]. Sin embargo, no importa, pues, ahora que miro la inscripción del interior, descubro que, después de todo, la cosa no es tuya.

Jack. Por supuesto que es mía. [Acercándose a él]. Me has visto con ella cientos de veces, y no tienes ningún derecho a leer lo que hay escrito dentro. Es muy poco caballeroso leer una pitillera privada.

Algernon. Es absurdo tener una regla dura y rápida sobre lo que uno debe leer y lo que no. Más de la mitad de la cultura moderna depende de lo que uno no debe leer.

Jack. Soy muy consciente del hecho, y no me propongo discutir sobre la cultura moderna. No es el tipo de cosas de las que se debe hablar en privado. Simplemente quiero que me devuelvan mi pitillera.

Algernon. Sí; pero ésta no es tu pitillera. Esta pitillera es un regalo de alguien que se llama Cecily, y tú dijiste que no conocías a nadie con ese nombre.

Jack. Bueno, si quieres saberlo, resulta que Cecily es mi tía.

Algernon. ¡Tu tía!

Jack. Sí. También es una señora mayor encantadora. Vive en Tunbridge Wells. Devuélvemela, Algy.

Algernon. [Retirándose al respaldo del sofá]. ¿Pero por qué se hace llamar pequeña Cecily si es tu tía y vive en Tunbridge Wells? [Leyendo]. «De la pequeña Cecily con su más cariñoso amor».

Jack. [Se acerca al sofá y se arrodilla en él]. Mi querido amigo, ¿qué demonios importa eso? Algunas tías son altas, otras no. Esa es una cuestión que seguramente se le puede permitir a una tía decidir por sí misma. ¡Pareces pensar que todas las tías deben ser exactamente como tu tía! ¡Eso es absurdo! Por el amor de Dios, devuélveme mi pitillera. [Sigue a **Algernon** por la habitación].

Algernon. Sí. Pero, ¿por qué tu tía te llama su tío? «De la pequeña Cecily, con su más cariñoso amor para su querido tío Jack». No hay nada que objetar, lo admito, a que una tía sea una tía pequeña, pero por qué una tía, sea cual sea su tamaño, debería llamar tío a su propio sobrino, no acabo de entenderlo. Además, tu nombre no es Jack en absoluto; es Ernest.

Jack. No es Ernest; es Jack.

Algernon. Siempre me has dicho que era Ernest. Te he presentado a todo el mundo como Ernest. Respondes al nombre de Ernest. Tienes el aspecto de llamarte Ernest. Eres la persona de aspecto más serio que he visto en mi vida. Es perfectamente absurdo que digas que no te llamas Ernest. Está en tus tarjetas. Aquí está una de ellas. [Tomándola del estuche]. «Mr. Ernest Worthing, B. 4, The Albany». Guardaré esto como prueba de que tu nombre es Ernest si alguna vez intentas negármelo a mí, o a Gwendolen, o a cualquier otra persona. [Guarda la tarjeta en su bolsillo].

JACK. Bueno, me llamo Ernest en la ciudad y Jack en el campo, y la pitillera me la dieron en el campo.

ALGERNON. Sí, pero eso no explica el hecho de que tu pequeña tía Cecily, que vive en Tunbridge Wells, te llame su querido tío. Vamos, viejo amigo, será mejor que lo aclares de una vez.

JACK. Mi querido Algy, hablas exactamente como si fueras dentista. Es muy vulgar hablar como un dentista cuando uno no lo es. Produce una falsa impresión.

ALGERNON. Pues eso es exactamente lo que hacen siempre los dentistas. Ahora bien, ¡adelante! Cuéntamelo todo. Debo mencionar que siempre he sospechado que tú eres un Bunburyista confirmado y secreto; y ahora estoy completamente seguro de ello.

JACK. ¿Bunburyista? ¿Qué demonios quieres decir con un Bunburyista?

ALGERNON. Te revelaré el significado de esa incomparable expresión en cuanto tengas la amabilidad de informarme por qué tú eres Ernest en la ciudad y Jack en el campo.

JACK. Bueno, muestra mi pitillera primero.

ALGERNON. Aquí está. [Entrega la pitillera]. Ahora presenta tu explicación, y ruego que sea improbable. [Se sienta en el sofá].

JACK. Mi querido amigo, mi explicación no tiene nada de improbable. De hecho es perfectamente ordinaria. El viejo Mr. Thomas Cardew, que me adoptó cuando era pequeño, me nombró en su testamento tutor de su nieta, Miss Cecily Cardew. Cecily, que se dirige a mí como su tío por motivos de respeto que tú no podrías apreciar, vive en mi casa de campo, a cargo de su admirable institutriz, Miss Prism.

ALGERNON. Por cierto, ¿dónde está ese lugar en el campo?

JACK. Eso no tiene nada que ver contigo, querido muchacho. No vas a ser invitado... Puedo decirte con franqueza que el lugar no está en Shropshire.

ALGERNON. ¡Lo sospechaba, mi querido amigo! He Bunburyado por todo Shropshire en dos ocasiones distintas. Ahora, continúa. ¿Por qué eres Ernest en la ciudad y Jack en el campo?

JACK. Mi querido Algy, no sé si serás capaz de entender mis verdaderos motivos. No son lo bastante serios. Cuando a uno le colocan en la posición de tutor, tiene que adoptar un tono moral muy alto en todos los temas. Es el deber de uno hacerlo. Y como no puede decirse que un tono moral alto contribuya mucho ni a la salud ni a la felicidad de uno, para ir a la ciudad siempre he fingido tener un hermano menor llamado Ernest, que vive en Albany y se mete en los líos más espantosos. Esa, mi querido Algy, es toda la verdad pura y simple.

ALGERNON. La verdad rara vez es pura y nunca es simple. La vida moderna sería muy tediosa si fuera cualquiera de las dos cosas, ¡y la literatura moderna una completa imposibilidad!

JACK. Eso no estaría nada mal.

ALGERNON. La crítica literaria no es tu fuerte, mi querido amigo. No lo intentes. Deberías dejársela a la gente que no ha ido a la Universidad. Lo hacen muy bien en los periódicos. Lo que realmente tú eres es un Bunburyista. Yo tenía mucha razón al decir que tú eras un Bunburyista. Tú eres uno de los Bunburyistas más avanzados que conozco.

JACK. ¿Qué demonios quieres decir?

ALGERNON. Te has inventado un hermano menor muy útil llamado Ernest, para poder venir a la ciudad tan a menudo como quieras. Yo me he inventado un inválido permanente inestimable llamado Bunbury, para poder ir al campo siempre que quiera. Bunbury tiene un valor incalculable. Si no fuera por la extraordinaria mala salud de Bunbury, por ejemplo, yo no podría cenar contigo en Willis's esta noche, ya que tengo realmente un compromiso con la tía Augusta desde hace más de una semana.

Jack. No te he pedido que cenes conmigo en ningún sitio esta noche.

Algernon. Lo sé. Eres absurdamente descuidado a la hora de hacer invitaciones. Es muy tonto de tu parte. Nada molesta tanto a la gente como no recibir invitaciones.

Jack. Será mejor que cenes con tu tía Augusta.

Algernon. No tengo la menor intención de hacer nada por el estilo. Para empezar, cené allí el lunes, y una vez a la semana es suficiente para cenar con los parientes de uno. En segundo lugar, siempre que ceno allí me tratan como a un miembro más de la familia, y me hacen irme o bien sin ninguna mujer, o bien con dos. En tercer lugar, sé perfectamente junto a quién ella me colocará a la mesa esta noche. Me colocará junto a Mary Farquhar, que siempre flirtea con su marido al otro lado de la mesa. Eso no es muy agradable. De hecho, ni siquiera es decente... y ese tipo de cosas está aumentando enormemente. La cantidad de mujeres en Londres que coquetean con sus maridos es perfectamente escandalosa. Da muy mal aspecto. Es simplemente lavar los trapos limpios en público. Además, ahora que sé que tú eres un Bunburyista empedernido, naturalmente quiero hablarte del Bunburyismo. Quiero contarte las reglas.

Jack. No soy Bunburyista en absoluto. Si Gwendolen me acepta, voy a matar a mi hermano, de hecho creo que lo mataré en cualquier caso. Cecily está demasiado interesada en él. Es más bien un aburrimiento. Así que voy a deshacerme de Ernest. Y te aconsejo encarecidamente que hagas lo mismo con Mr. ... con tu amigo inválido que tiene un nombre absurdo.

Algernon. Nada me inducirá a separarme de Bunbury y, si alguna vez te casas, lo que me parece extremadamente problemático, te alegrarás mucho de conocer a Bunbury. Un hombre que se casa sin conocer a Bunbury se aburre mucho.

Jack. Eso es una tontería. Si me caso con una muchacha encantadora como Gwendolen, y es la única muchacha con la que me casaría en mi vida, desde luego no querré conocer a Bunbury.

ALGERNON. Entonces lo hará tu esposa. No pareces darte cuenta de que en la vida conyugal tres son compañía y dos ninguna.

JACK. [Sentenciosamente]. Esa, mi querido y joven amigo, es la teoría que el corrupto Drama Francés ha estado proponiendo durante los últimos cincuenta años.

ALGERNON. Sí; y eso el feliz hogar inglés lo ha demostrado en la mitad de tiempo.

JACK. Por el amor de Dios, no intentes ser cínico. Es perfectamente fácil ser cínico.

ALGERNON. Mi querido amigo, no es fácil ser nada hoy en día. Hay tanta competencia bestial. [Se oye el sonido de un timbre eléctrico]. ¡Ah! Debe de ser la tía Augusta. Sólo los parientes, o los acreedores, llaman de esa manera tan wagneriana. Ahora, si la quito de en medio diez minutos, para que tengas la oportunidad de declararte a Gwendolen, ¿puedo cenar contigo esta noche en Willis's?

JACK. Supongo que sí, si quieres.

ALGERNON. Sí, pero debes tomártelo en serio. Odio a la gente que no se toma en serio las comidas. Es tan superficial de su parte.

[Entra **Lane**].

Lady Bracknell y Miss Fairfax.

[**Algernon** avanza a su encuentro. Entran **Lady Bracknell** y **Gwendolen**].

LADY BRACKNELL. Buenas tardes, querido Algernon, espero que te estés portando muy bien.

ALGERNON. Me encuentro muy bien, tía Augusta.

LADY BRACKNELL. No es exactamente lo mismo. De hecho las dos cosas raramente van juntas. [Ella ve a **Jack** y se inclina hacia él con gélida frialdad].

ALGERNON. [A **Gwendolen**]. ¡Caramba, qué lista estás!

GWENDOLEN. ¡Siempre soy lista! ¿No lo soy, Mr. Worthing?

JACK. Usted es perfecta, Miss Fairfax.

GWENDOLEN. ¡Oh! Espero no ser eso. No dejaría espacio para desarrollo, y tengo la intención de desarrollarme en muchas direcciones. [**Gwendolen** y **Jack** se sientan juntos en un rincón].

LADY BRACKNELL. Siento si llegamos un poco tarde, Algernon, pero me vi obligada a visitar a la querida Lady Harbury. No había estado allí desde la muerte de su pobre marido. Nunca vi a una mujer tan alterada; parece veinte años más joven. Y ahora tomaré una taza de té y uno de esos ricos sándwiches de pepino que me prometiste.

ALGERNON. Desde luego, tía Augusta. [Se acerca a la mesa del té].

LADY BRACKNELL. ¿No quieres venir a sentarte aquí, Gwendolen?

GWENDOLEN. Gracias, mamá, estoy muy a gusto donde estoy.

ALGERNON. [Recogiendo horrorizado el plato vacío]. ¡Santo cielo! ¡Lane! ¿Por qué no hay sándwiches de pepino? Los pedí especialmente.

LANE. [No había pepinos en el mercado esta mañana, señor. Fui dos veces.

ALGERNON. ¡Nada de pepinos!

LANE. No, señor. Ni siquiera por dinero en efectivo.

ALGERNON. Eso bastará, Lane, gracias.

LANE. Gracias, señor. [Sale].

ALGERNON. Me angustia mucho, tía Augusta, que no haya pepinos, ni siquiera con dinero en efectivo.

LADY BRACKNELL. Realmente no importa, Algernon. Comí unos bollos con Lady Harbury, que me parece que ahora vive enteramente para el placer.

ALGERNON. He oído que su pelo se ha vuelto dorado por la pena.

LADY BRACKNELL. Ciertamente ha cambiado de color. Por qué causa, por supuesto, no puedo decirlo. [**Algernon** cruza y sirve el té]. Gracias. Tengo algo para ti esta noche, Algernon. Voy a sentarte junto a Mary Farquhar. Es una mujer tan agradable, y tan atenta con su marido. Es encantador verlos.

ALGERNON. Me temo, tía Augusta, que después de todo tendré que renunciar al placer de cenar con usted esta noche.

LADY BRACKNELL. [Frunciendo el ceño]. Espero que no, Algernon. Desequilibraría mi mesa completamente. Tu tío tendría que cenar arriba. Afortunadamente está acostumbrado a eso.

ALGERNON. Es una gran pena y, no necesito decirlo, una terrible decepción para mí, pero el hecho es que acabo de recibir un telegrama que dice que mi pobre amigo Bunbury está muy enfermo otra vez. [Intercambia miradas con **Jack**]. Parece que piensan que debería estar con él.

LADY BRACKNELL. Es muy extraño. Este Mr. Bunbury parece sufrir de una curiosa mala salud.

ALGERNON. Sí; el pobre Bunbury es un terrible inválido.

LADY BRACKNELL. Bueno, debo decir, Algernon, que creo que ya es hora de que Mr. Bunbury se decida si va a vivir o a morir. Este titubeo con la cuestión es absurdo. Tampoco apruebo en absoluto la simpatía moderna por los inválidos. La considero morbosa. La enfermedad de cualquier tipo no es algo que deba fomentarse en los demás. La salud es el deber primordial de la vida. Siempre se lo digo a tu pobre tío, pero nunca parece hacer mucho caso... en cuanto a cualquier mejora de su dolencia. Te estaría muy agradecida si le pidieras a Mr. Bunbury, de mi parte, que tenga la amabilidad de no tener una recaída el sábado, ya que confío en ti para que me arregles la música. Es mi última recepción y una quiere algo que anime la conversación, sobre todo al final de la temporada, cuando todo el mundo ha dicho prácticamente todo lo que tenía para decir, que, en la mayoría de los casos, probablemente no era mucho.

ALGERNON. Hablaré con Bunbury, tía Augusta, si aún está consciente, y creo que puedo prometerle que él estará bien para el sábado. Por supuesto que la música es una gran dificultad. Verá, si uno toca buena música, la gente no escucha, y si uno toca mala música la gente no habla. Pero le repasaré el programa que he elaborado, si tiene la amabilidad de pasar un momento a la habitación contigua.

LADY BRACKNELL. Gracias, Algernon. Es muy considerado por su parte. [Levantándose, y siguiendo a **Algernon**]. Estoy segura de que el programa será encantador, después de algunos expurgos. Las canciones francesas no puedo permitirlas. La gente siempre parece pensar que son impropias y o bien ponen cara de asombro, lo que es vulgar, o se ríen, lo que es peor. Pero el alemán parece un idioma totalmente respetable y, de hecho, creo que lo es. Gwendolen, me acompañarás.

GWENDOLEN. Desde luego, mamá.

[**Lady Bracknell** y **Algernon** entran en la sala de música, **Gwendolen** se queda atrás].

JACK. Ha sido un día encantador, Miss Fairfax.

GWENDOLEN. Le ruego que no me hable del tiempo, Mr. Worthing. Siempre que la gente me habla del tiempo, tengo la certeza de que se refieren a otra cosa. Y eso me pone muy nerviosa.

JACK. Me refiero a otra cosa.

GWENDOLEN. Eso pensaba yo. De hecho, nunca me equivoco.

JACK. Y me gustaría que se me permitiera aprovechar la ausencia temporal de Lady Bracknell...

GWENDOLEN. Sin duda le aconsejo que lo haga. Mamá tiene una forma de volver de repente a una habitación de la que a menudo he tenido que hablar con ella.

JACK. [Nerviosamente]. Miss Fairfax, desde que la conocí la he admirado más que a cualquier muchacha... que he conocido desde... que la he conocido.

GWENDOLEN. Sí, soy muy consciente del hecho. Y a menudo deseo que en público, al menos, hubiera sido más demostrativo. Para mí usted siempre ha ejercido una fascinación irresistible. Incluso antes de conocerle estaba lejos de ser indiferente a usted. [**Jack** la mira asombrado]. Vivimos, como espero que sepa, Mr. Worthing, en una época de ideales. El hecho se menciona constantemente en las revistas mensuales más caras, y ha llegado a los púlpitos provinciales, según me han dicho; y mi ideal siempre ha sido amar a alguien de nombre Ernest. Hay algo en ese nombre que inspira una confianza absoluta. En el momento en que Algernon me mencionó por primera vez que tenía un amigo llamado Ernest, supe que estaba destinada a amarle.

JACK. ¿De verdad me quieres, Gwendolen?

GWENDOLEN. ¡Pasionalmente!

JACK. ¡Cariño! No sabes lo feliz que me has hecho.

GWENDOLEN. ¡Mi propio Ernest!

JACK. ¿Pero, no querrás decir que no podrías quererme si no me llamara Ernesto?

GWENDOLEN. Pero tú te llamas Ernest.

JACK. Sí, ya lo sé. ¿Pero suponiendo que tuviera otro nombre? ¿Quieres decir que entonces no podrías amarme?

GWENDOLEN. [Con confianza]. ¡Ah! eso es claramente una especulación metafísica, y como la mayoría de las especulaciones metafísicas tiene muy poca referencia en absoluto a los hechos de la vida real, tal y como los conocemos.

Jack. Personalmente, querida, para hablar con franqueza, no me importa mucho el nombre Ernest... Creo que el nombre no me pega en absoluto.

Gwendolen. Le queda perfecto. Es un nombre divino. Tiene una música propia. Produce vibraciones.

Jack. Bueno, en realidad, Gwendolen, debo decir que creo que hay muchos otros nombres mucho más bonitos. Jack, por ejemplo, me parece un nombre encantador.

Gwendolen. ¿Jack? ... No, hay muy poca música en el nombre Jack, si es que hay alguna, de hecho. No emociona. No produce absolutamente ninguna vibración ... He conocido a varios Jacks, y todos ellos, sin excepción, eran más que habitualmente llanos. Además, ¡Jack es una notoria domesticidad para John! Y compadezco a cualquier mujer que esté casada con un hombre llamado John. Probablemente nunca se le permitiría conocer el fascinante placer de un solo momento de soledad. El único nombre realmente seguro es Ernest.

Jack. Gwendolen, debo bautizarme enseguida... quiero decir que debemos casarnos enseguida. No hay tiempo que perder.

Gwendolen. ¿Casarnos, Mr. Worthing?

Jack. [Asombrado]. Bueno... seguramente. Sabe que la quiero, y me hizo creer, Miss Fairfax, que yo no le era absolutamente indiferente.

Gwendolen. Yo le adoro. Pero aún no me ha propuesto matrimonio. No se ha dicho nada en absoluto sobre el matrimonio. Ni siquiera se ha tocado el tema.

Jack. Bueno... ¿puedo proponérselo ahora?

Gwendolen. Creo que sería una oportunidad admirable. Y para evitarle cualquier posible decepción, Mr. Worthing, creo que es justo decirle francamente de antemano que estoy totalmente decidida a aceptarlo.

Jack. ¡Gwendolen!

Gwendolen. Sí, Mr. Worthing, ¿qué tiene para decirme?

Jack. Ya sabe lo que tengo para decirle.

Gwendolen. Sí, pero no lo dice.

Jack. Gwendolen, ¿se casaría conmigo? [Se pone de rodillas].

Gwendolen. Claro que lo haré, querido. ¡Cuánto tiempo llevas dándole vueltas! Me temo que has tenido muy poca experiencia en cómo declararte.

Jack. Sólo esta vez, nunca he amado a nadie en el mundo excepto a ti.

Gwendolen. Sí, pero los hombres a menudo se declaran para practicar. Sé que mi hermano Gerald lo hace. Todas mis amigas me lo dicen. ¡Qué ojos tan maravillosamente azules tienes, Ernest! Son muy, muy azules. Espero que siempre me mires así, especialmente cuando haya otras personas presentes. [Entra **Lady Bracknell**].

Lady Bracknell. ¡Mr. Worthing! Levántese, señor, de esta postura semiacostada. Es de lo más indecoroso.

Gwendolen. ¡Mamá! [Él intenta levantarse; ella le sujeta]. Debo rogarle que se retire. Este no es lugar para usted. Además, Mr. Worthing aún no ha terminado.

Lady Bracknell. ¿Acabado qué, si puede saberse?

Gwendolen. Estoy comprometida con Mr. Worthing, mamá. [Se levantan juntos].

Lady Bracknell. Perdóname, tú no estás comprometida con nadie. Cuando te comprometas con alguien, yo, o tu padre, si su salud se lo permite, te informaremos del hecho. Un compromiso debe llegar a una joven como una sorpresa, agradable o desagradable, según el caso. Difícilmente es un asunto que se le pueda permitir arreglar por sí misma... Y ahora tengo algunas preguntas que hacerle, Mr. Worthing. Mientras hago estas averiguaciones, usted, Gwendolen, me esperará abajo en el carruaje.

Gwendolen. [Reprochándola]. ¡Mamá!

Lady Bracknell. ¡Al carruaje, Gwendolen! [**Gwendolen** va hacia la puerta. Ella y **Jack** se soplan besos a espaldas de **Lady Bracknell**. **Lady Bracknell** mira vagamente a su alrededor como si no entendiera qué es ese ruido. Finalmente se vuelve]. ¡Gwendolen, al carruaje!

Gwendolen. Sí, mamá. [Sale, mirando de nuevo a **Jack**].

Lady Bracknell. [Sentándose]. Puede tomar asiento, Mr. Worthing.

[Busca en su bolsillo un cuaderno y un lápiz].

Jack. Gracias, Lady Bracknell, prefiero estar de pie.

Lady Bracknell. [Lápiz y cuaderno en la mano]. Me siento obligada a decirle que usted no figura en mi lista de jóvenes elegibles, aunque tengo la misma lista que la querida Duquesa de Bolton. De hecho, trabajamos juntas. Sin embargo, estoy dispuesta a inscribir su nombre, si sus respuestas son las que requiere una madre realmente afectuosa. ¿Fuma usted?

Jack. Bueno, sí, debo admitir que fumo.

Lady Bracknell. Me alegra oírlo. Un hombre siempre debe tener una ocupación de algún tipo. Ya hay demasiados hombres ociosos en Londres. ¿Qué edad tiene usted?

Jack. Veintinueve.

Lady Bracknell. Una edad muy buena para casarse. Siempre he sido de la opinión de que un hombre que desea casarse debe saberlo todo o nada. ¿Qué sabe usted?

Jack. [Tras algunas vacilaciones]. No sé nada, Lady Bracknell.

Lady Bracknell. Me complace oírlo. No apruebo nada que atente contra la ignorancia natural. La ignorancia es como una delicada fruta exótica; una la toca y se marchita. Toda la teoría de la educación moderna es radicalmente errónea. Afortunadamente en Inglaterra, en todo caso, la educación no produce efecto alguno. Si lo hiciera, supondría un grave peligro para las clases altas y probablemente provocaría actos de violencia en Grosvenor Square. ¿Cuáles son sus ingresos?

Jack. Entre siete y ocho mil libras al año.

Lady Bracknell. [Hace una anotación en su libro.] ¿En tierras o en inversiones?

Jack. En inversiones, principalmente.

Lady Bracknell. Eso es satisfactorio. Qué hay sino de los deberes que se esperan de una durante su vida, y los deberes que se le exigen a una después de su muerte, la tierra ya no es ni un beneficio ni un placer. Le da a una una posición, y le impide a una mantenerla. Eso es todo lo que puede decirse de la tierra.

Jack. Tengo una casa de campo con algunas tierras, por supuesto, anexas, unos mil quinientos acres, creo; pero no dependo de eso para mis ingresos reales. De hecho, por lo que sé, los cazadores furtivos son los únicos que ganan algo con ello.

Lady Bracknell. ¡Una casa de campo! ¿Cuántos dormitorios? Bueno, ese punto puede aclararse después. ¿Tiene una casa en la ciudad, espero? Difícilmente podría esperarse que una muchacha de naturaleza sencilla e intacta, como Gwendolen, residiera en el campo.

Jack. Bueno, poseo una casa en Belgrave Square, pero está alquilada hace años a Lady Bloxham. Por supuesto, puedo recuperarla cuando quiera, con seis meses de preaviso.

Lady Bracknell. ¿Lady Bloxham? No la conozco.

Jack. Oh, ella sale muy poco. Es una dama considerablemente avanzada en años.

Lady Bracknell. Ah, hoy en día eso no es garantía de respetabilidad de carácter. ¿En qué número de Belgrave Square?

Jack. 149.

LADY BRACKNELL. [Sacudiendo la cabeza]. El lado pasado de moda. Pensé que había algo. Sin embargo, eso podría alterarse fácilmente.

JACK. ¿Se refiere a la moda o al lado?

LADY BRACKNELL. [Severamente]. Ambos, si es necesario, supongo. ¿Cuál es su inclinación política?

JACK. Me temo que realmente no tengo ninguna. Soy un Unionista Liberal.

LADY BRACKNELL. Oh, ellos cuentan como Tories. Cenan con nosotros. O vienen por la noche, en todo caso. Ahora a asuntos menores. ¿Viven sus padres?

JACK. He perdido a mis dos padres.

LADY BRACKNELL. Perder a uno de los padres, Mr. Worthing, puede considerarse una desgracia; perder a los dos parece un descuido. ¿Quién era su padre? Evidentemente era un hombre de cierta riqueza. ¿Nació en lo que los periódicos radicales llaman la púrpura del comercio, o ascendió de las filas de la aristocracia?

JACK. Me temo que realmente no lo sé. El hecho es, Lady Bracknell, que dije que había perdido a mis padres. Estaría más cerca de la verdad decir que mis padres parecen haberme perdido a mí... En realidad no sé quién soy por nacimiento. Fui... bueno, fui encontrado.

LADY BRACKNELL. ¡Encontrado!

JACK. El difunto Mr. Thomas Cardew, un viejo caballero de carácter muy caritativo y bondadoso, me encontró y me dio el nombre de Worthing, porque dio la casualidad de que en aquel momento llevaba en el bolsillo un billete de primera clase para Worthing. Worthing es un lugar de Sussex. Es una estación balnearia.

LADY BRACKNELL. ¿Dónde la encontró el caritativo caballero que tenía un billete de primera clase para este balneario?

JACK. [Con gravedad]. En un bolso de mano.

Lady Bracknell. ¿Un bolso de mano?

Jack. [Muy serio]. Sí, Lady Bracknell. Yo estaba en un bolso de mano —un bolso de mano algo grande, de cuero negro, con asas— un bolso de mano corriente, de hecho.

Lady Bracknell. ¿En qué localidad se encontró este Mr. James, o Thomas, Cardew con este bolso de mano ordinaria?

Jack. En el guardarropa de la estación Victoria. Se lo dieron por error en vez del suyo.

Lady Bracknell. ¿El guardarropa de la estación Victoria?

Jack. Sí. La línea a Brighton.

Lady Bracknell. La línea es irrelevante. Mr. Worthing, confieso que me siento algo desconcertada por lo que acaba de contarme. Nacer, o en todo caso criarse, en un bolso de mano, tuviera asas o no, me parece mostrar un desprecio por las decencias ordinarias de la vida familiar que recuerda los peores excesos de la Revolución Francesa. Y supongo que usted sabe a qué condujo ese desafortunado movimiento. En cuanto al lugar concreto en el que se encontró la bolsa de mano, un guardarropa en una estación de tren podría servir para ocultar una indiscreción social —probablemente, de hecho, se ha utilizado con ese fin antes—, pero difícilmente podría considerarse una base segura para una posición reconocida en la buena sociedad.

Jack. ¿Puedo preguntarle entonces qué me aconsejaría hacer? No necesito decir que haría cualquier cosa en el mundo para asegurar la felicidad de Gwendolen.

Lady Bracknell. Le aconsejo encarecidamente, Mr. Worthing, que intente conseguir algunos parientes lo antes posible y que haga un esfuerzo definitivo para producir al menos un progenitor, de cualquier sexo, antes de que termine la temporada.

Jack. Bueno, no veo cómo podría arreglármelas para hacer eso. Puedo mostrar el bolso de mano en cualquier momento. Está en el vestidor de mi casa. Realmente creo que eso debería satisfacerla, Lady Bracknell.

LADY BRACKNELL. ¡A mí, señor! ¿Qué tiene que ver conmigo? ¿Acaso puede imaginarse que a Lord Bracknell y a mí se nos ocurriría permitir que nuestra única hija —una niña criada con el mayor cuidado— se casara en un guardarropa y formara una alianza con un paquete? ¡Que tenga buenos días, Mr. Worthing!

[**Lady Bracknell** sale con majestuosa indignación].

JACK. ¡Que tenga buenos días! [**Algernon**, desde la otra habitación, entona la Marcha Nupcial. Jack parece furioso y se dirige a la puerta]. Por el amor de Dios, no cantes esa espantosa melodía, Algy. ¡Qué idiota eres!

[La música se detiene y **Algernon** entra alegremente].

ALGERNON. ¿No salió bien, viejo amigo? ¿No querrá decir que Gwendolen le rechazó? Sé que es una manera que ella tiene. Siempre está rechazando a la gente. Creo que es muy maleducado de su parte.

JACK. Oh, Gwendolen es más recta que un posafuentes. Por lo que a ella respecta, estamos comprometidos. Su madre es perfectamente insoportable. Nunca conocí a una Gorgona así... Realmente no sé cómo es una Gorgona, pero estoy bastante segura de que Lady Bracknell es una. En cualquier caso, es un monstruo, sin ser un mito, lo cual es bastante injusto... Perdona, Algy, supongo que no debería hablar así de su propia tía delante suyo.

ALGERNON. Mi querido muchacho, me encanta oír cómo maltratan a mis parientes. Es lo único que me hace soportarlos. Los parientes son simplemente una tediosa manada de personas, que no tienen ni el más remoto conocimiento de cómo vivir, ni el más mínimo instinto sobre cuándo morir.

JACK. ¡Oh, eso es una tontería!

ALGERNON. ¡No lo es!

JACK. Bueno, no discutiré sobre el asunto. Usted siempre quiere discutir sobre las cosas.

ALGERNON. Eso es exactamente para lo que se hicieron las cosas en un principio.

JACK. Le juro que si pensara eso, me pegaría un tiro... [Una pausa]. No creerá que hay alguna posibilidad de que Gwendolen llegue a ser como su madre dentro de unos ciento cincuenta años, ¿verdad, Algy?

ALGERNON. Todas las mujeres llegan a ser como sus madres. Ésa es su tragedia. Ningún hombre lo hace. Esa es la suya.

JACK. ¿Es eso inteligente?

ALGERNON. Está perfectamente expresado y es tan cierto como debería serlo cualquier observación en la vida civilizada.

JACK. Estoy harto de la inteligencia. Hoy en día todo el mundo es inteligente. Uno no puede ir a ningún sitio sin encontrarse con gente inteligente. La cosa se ha convertido en una absoluta molestia pública. Ojalá nos quedaran unos cuantos tontos.

ALGERNON. Nos quedan.

JACK. Me gustaría mucho conocerlos. ¿De qué hablan?

ALGERNON. ¿Los tontos? ¡Oh! sobre la gente inteligente, por supuesto.

JACK. ¡Qué tontos!

ALGERNON. Por cierto, ¿le dijiste a Gwendolen la verdad: que eras Ernest en la ciudad y Jack en el campo?

JACK. [De forma muy condescendiente]. Mi querido amigo, la verdad no es el tipo de cosa que se le dice a una muchacha agradable, dulce y refinada. ¡Qué ideas tan extraordinarias tienes sobre la forma de comportarse con una mujer!

ALGERNON. La única forma de comportarse con una mujer es hacer el amor con ella, si es guapa, y con otro, si no lo es.

Jack. Eso no tiene sentido.

Algernon. ¿Y tu hermano? ¿Y el despilfarrador Ernest?

Jack. Oh, antes de que acabe la semana me habré librado de él. Diré que murió en París de apoplejía. Mucha gente muere de apoplejía, lo suficientemente repentino, ¿no?

Algernon. Sí, pero es hereditario, mi querido amigo. Es algo que se da en las familias. Es mucho mejor decir un severo resfrío.

Jack. ¿Estás seguro de que un fuerte resfrío no es hereditario, ni nada por el estilo?

Algernon. ¡Claro que no!

Jack. Muy bien. A mi pobre hermano Ernest desapareció de repente, en París, de un fuerte resfrío. Así nos deshacemos de él.

Algernon. Pero creí que habías dicho que... Miss Cardew se interesaba demasiado por tu pobre hermano Ernest? ¿No sentirá ella mucho su pérdida?

Jack. Oh, no pasa nada. Me alegra decir que Cecily no es una niña tonta y romántica. Tiene un apetito capital, da largos paseos y no presta ninguna atención a sus lecciones.

Algernon. Me gustaría conocer a Cecily.

Jack. Tendré mucho cuidado de que nunca lo haga. Es excesivamente guapa, y sólo tiene dieciocho años.

Algernon. ¿Le has dicho ya a Gwendolen que tienes una pupila excesivamente guapa que sólo tiene dieciocho años?

Jack. ¡Oh! uno no le suelta cosas así a la gente. Es perfectamente seguro que Cecily y Gwendolen serán grandísimas amigas. Te apuesto lo que quieras a que media hora después de haberse conocido se estarán llamando hermana la una a la otra.

ALGERNON. Las mujeres sólo hacen eso cuando antes se han llamado muchas otras cosas. Ahora, mi querido muchacho, si queremos conseguir una buena mesa en Willis's, debemos ir a vestirnos. ¿Sabes que son casi las siete?

JACK. [Irritado]. ¡Oh! Siempre son casi las siete.

ALGERNON. Bueno, tengo hambre.

JACK. Nunca te conocí cuando no tenías hambre...

ALGERNON. ¿Qué haremos después de cenar? ¿Ir al teatro?

JACK. ¡Oh, no! Detesto escuchar.

ALGERNON. Bueno, ¿vamos al Club?

JACK. ¡Oh, no! Odio hablar.

ALGERNON. Bueno, ¿podríamos dar un trote por el Empire a las diez?

JACK. ¡Oh, no! No soporto mirar las cosas. Es tan tonto.

ALGERNON. Bueno, ¿qué hacemos?

JACK. ¡Nada!

ALGERNON. Es un trabajo terriblemente duro no hacer nada. Sin embargo, no me importa el trabajo duro cuando no hay un objeto definido.

[Entra **Lane**].

LANE. Miss Fairfax.

[Entra **Gwendolen**. **Lane** sale].

ALGERNON. ¡Gwendolen, te lo juro!

GWENDOLEN. Algy, haz el favor de ponerte de espaldas. Tengo algo muy particular que decirle a Mr. Worthing.

ALGERNON. De verdad, Gwendolen, no creo que pueda permitir esto en absoluto.

GWENDOLEN. Algy, siempre adoptas una actitud estrictamente inmoral ante la vida. No tienes edad para eso. [**Algernon** se retira a la chimenea].

JACK. ¡Querida mía!

GWENDOLEN. Ernest, puede que nunca nos casemos. Por la expresión de la cara de mamá, me temo que nunca lo haremos. Pocos padres prestan atención hoy en día a lo que les dicen sus hijos. El anticuado respeto por los jóvenes está desapareciendo rápidamente. Cualquier influencia que alguna vez tuve sobre mamá la perdí a los tres años. Pero aunque ella impida que nos convirtamos en marido y mujer, y yo me case con otro, y me case a menudo, nada de lo que ella pueda hacer podrá alterar mi eterna devoción por ti.

JACK. ¡Querida Gwendolen!

GWENDOLEN. La historia de tu romántico origen, tal como me la contó mamá, con comentarios desagradables, ha agitado naturalmente las fibras más profundas de mi naturaleza. Tu nombre de pila ejerce una irresistible fascinación. La sencillez de tu carácter te hace exquisitamente incomprensible para mí. Tu dirección en Albany la tengo. ¿Cuál es tu dirección en el campo?

JACK. The Manor House, Woolton, Hertfordshire.

[**Algernon**, que ha estado escuchando atentamente, sonríe para sí y escribe la dirección en el puño de la camisa. Luego coge la Guía Ferroviaria].

GWENDOLEN. Supongo que hay un buen servicio de correos. Puede que sea necesario hacer algo desesperado. Eso, por supuesto, requerirá una seria consideración. Me comunicaré contigo diariamente.

JACK. ¡Eres mía!

GWENDOLEN. ¿Cuánto tiempo permanecerás en la ciudad?

JACK. Hasta el lunes.

GWENDOLEN. ¡Bien! Algy, ya puedes darte la vuelta.

ALGERNON. Gracias, ya me he dado la vuelta.

GWENDOLEN. También puedes tocar la campanilla.

JACK. ¿Me dejarás acompañarte a tu carruaje, querida mía?

GWENDOLEN. Ciertamente.

JACK. [A **Lane**, que ahora entra]. Acompañaré a Miss Fairfax a la salida.

LANE. Sí, señor. [**Jack** y **Gwendolen** se van].

[**Lane** presenta a **Algernon** varias cartas en una bandeja. Cabe suponer que se trata de cuentas, ya que **Algernon**, tras mirar los sobres, las rompe].

ALGERNON. Una copa de jerez, Lane.

LANE. Sí, señor.

ALGERNON. Mañana, Lane, me voy a Bunburyar.

LANE. Sí, señor.

ALGERNON. Probablemente no volveré hasta el lunes. Puedes guardar mi ropa de vestir, mi chaqueta de fumar y todos los trajes de Bunbury...

LANE. Sí, señor. [Entregando el jerez].

ALGERNON. Espero que mañana sea un buen día, Lane.

LANE. Nunca lo es, señor.

ALGERNON. Lane, eres un pesimista perfecta.

LANE. Hago lo que puedo para darle satisfacción, señor.

[Entra **Jack.Lane** se va].

JACK. ¡Una muchacha sensata e intelectual! La única muchacha que me ha importado en mi vida. [**Algernon** se ríe desmesuradamente]. ¿Qué diablos te divierte tanto?

ALGERNON. Oh, estoy un poco ansioso por el pobre Bunbury, eso es todo.

JACK. Si no tienes cuidado, tu amigo Bunbury te meterá en un buen lío algún día.

ALGERNON. Me encantan los líos. Son la única cosa que nunca es seria.

JACK. Oh, eso son tonterías, Algy. Nunca dices más que tonterías.

ALGERNON. Todo el mundo lo hace.

[**Jack** le mira indignado y sale de la habitación. **Algernon** enciende un cigarrillo, lee el puño de la camisa y sonríe].

Acto II

ESCENA

Jardín de Manor House. Un tramo de escalones de piedra gris conduce
a la casa. El jardín, a la antigua usanza, está lleno de rosas. Época del
año, julio. Unas sillas de cesto y una mesa cubierta de libros están co-
locadas bajo un gran tejo.

[**Miss Prism**, descubierta, sentada a la mesa. **Cecily** está detrás regando
las flores].

Miss Prism. [¡Cecily, Cecily! ¿Seguramente una ocupación tan utilitaria
como regar las flores es más bien el deber de Moulton que el tuyo?
Especialmente en un momento en que te esperan placeres intelectuales. Tu gramática alemana está sobre la mesa. Por favor, ábrela en
la página quince. Repetiremos la lección de ayer.

Cecily. [Acercándose muy despacio]. Pero no me gusta el alemán. No es
en absoluto un idioma que me favorezca. Sé perfectamente que pa-
rezco bastante sencilla después de mi lección de alemán.

Miss Prism. Niña, ya sabes lo ansioso que está tu tutor de que mejores
en todos los aspectos. Ayer, cuando se marchaba a la ciudad, hizo especial hincapié en tu alemán. De hecho, siempre hace hincapié en tu
alemán cuando se marcha a la ciudad.

Cecily. ¡El querido tío Jack está tan serio! A veces está tan serio que creo
que no puede estar del todo bien.

Miss Prism. [Levantándose]. Tu tutor goza de la mejor salud, y su gra-
vedad de conducta es especialmente digna de elogio en alguien tan
comparativamente joven como él. No conozco a nadie que tenga un
mayor sentido del deber y la responsabilidad.

Cecily. Supongo que por eso a menudo parece un poco aburrido cuando
estamos los tres juntos.

Miss Prism. ¡Cecily! Me sorprendes. Mr. Worthing tiene muchos problemas en su vida. La alegría ociosa y la trivialidad estarían fuera de lugar en su conversación. Debes recordar su constante ansiedad por ese desafortunado joven, su hermano.

Cecily. Ojalá el tío Jack permitiera que ese joven desafortunado, su hermano, viniera aquí de vez en cuando. Podríamos tener una buena influencia sobre él, Miss Prism. Estoy segura de que así sería. Usted sabe alemán, y geología, y cosas de ese tipo influyen mucho en un hombre. [**Cecily** comienza a escribir en su diario].

Miss Prism. [Sacudiendo la cabeza]. No creo que ni siquiera yo pudiera producir ningún efecto en un personaje que, según admite su propio hermano, es irremediablemente débil y vacilante. De hecho, no estoy segura de que deseara ayudarle a recuperarse. No estoy a favor de esta manía moderna de convertir a la gente mala en buena de un momento a otro. Que el hombre coseche lo que siembra. Debes guardar tu diario, Cecily. Realmente no veo por qué deberías tener un diario.

Cecily. Tengo un diario para anotar los maravillosos secretos de mi vida. Si no los escribiera, probablemente me olvidaría de ellos.

Miss Prism. La Memoria, querida Cecily, es el diario que todos llevamos encima.

Cecily. Sí, pero suele relatar las cosas que nunca han sucedido, y que posiblemente no podrían haber sucedido. Creo que la Memoria es responsable de casi todas las novelas de tres volúmenes que nos envía la Biblioteca Mudie.

Miss Prism. No hables con desprecio de las novelas en tres volúmenes, Cecily. Yo misma escribí una en su día.

Cecily. ¿De verdad, Miss Prism? ¡Qué maravillosamente inteligente es usted! Espero que no haya terminado felizmente. No me gustan las novelas que terminan felizmente. Me deprimen mucho.

Miss Prism. Los buenos acabaron felizmente, y los malos, infelizmente. Eso es lo que significa la Ficción.

Cecily. Supongo que sí. Pero parece muy injusto. ¿Y se publicó alguna vez su novela?

Miss Prism. Ay, no. El manuscrito desafortunadamente fue abandonado. [**Cecily** se sobresalta]. Uso la palabra en el sentido de perdido o extraviado. A tu trabajo, niña, estas especulaciones son inútiles.

Cecily. [Sonriendo]. Pero allí veo al querido Dr. Chasuble viniendo por el jardín.

Miss Prism. [Levantándose y avanzando.] ¡Dr. Chasuble! Esto es realmente un placer.

[Entra el **Canónigo Chasuble**].

Chasuble. ¿Y cómo estamos esta mañana? Miss Prism, ¿se encuentra, espero, bien?

Cecily. Miss Prism acaba de quejarse de un ligero dolor de cabeza. Creo que le haría bien dar un corto paseo con usted por el parque, Dr. Chasuble.

Miss Prism. Cecily, no he mencionado nada sobre un dolor de cabeza.

Cecily. No, querida Miss Prism, lo sé, pero sentí instintivamente que le dolía la cabeza. De hecho estaba pensando en eso, y no en mi lección de alemán, cuando entró el rector.

Chasuble. Espero, Cecily, que no estés falta de atención.

Cecily. Me temo que sí.

Chasuble. Qué extraño. Si tuviera la suerte de ser alumna de Miss Prism, me colgaría de sus labios. [**Miss Prism** lo fulmina con la mirada]. Hablé metafóricamente... Mi metáfora fue extraída de las abejas. ¡Ejem! ¿Mr. Worthing, supongo, no ha regresado aún de la ciudad?

Miss Prism. No le esperamos hasta el lunes por la tarde.

Chasuble. Ah, sí, normalmente le gusta pasar el domingo en Londres. No es de aquellos cuyo único objetivo es divertirse, como, por lo que parece, ese desafortunado joven que es su hermano. Pero no debo molestar más a Egeria y a su pupila.

Miss Prism. ¿Egeria? Me llamo Lætitia, doctor.

Chasuble. [Inclinándose]. Una mera alusión clásica, extraída de los autores paganos. ¿Las veré a ambas sin duda para las Vísperas?

Miss Prism. Creo, querido doctor, que daré un paseo con usted. Después de todo, me duele la cabeza y un paseo podría sentarme bien.

Chasuble. Con mucho gusto, Miss Prism, con mucho gusto. Podríamos ir hasta las escuelas y volver.

Miss Prism. Eso sería encantador. Cecily, leerás tu Economía Política en mi ausencia. El capítulo sobre la caída de la rupia puedes omitirlo. Es demasiado sensacionalista. Incluso estos problemas metálicos tienen su lado melodramático.

[Va al jardín con el **Dr. Chasuble**].

Cecily. [Recoge los libros y los vuelve a tirar sobre la mesa]. ¡Horrible Economía Política! ¡Horrible Geografía! ¡Horrible, horrible Alemán!

[Entra **Merriman** con una tarjeta en una bandeja].

Merriman. Mr. Ernest Worthing acaba de venir en coche desde la estación. Ha traído su equipaje con él.

Cecily. [Coge la tarjeta y la lee]. «Mr. Ernest Worthing, B. 4, The Albany, W». ¡El hermano del tío Jack! ¿Le dijo que Mr. Worthing estaba en la ciudad?

Merriman. Sí, Miss. Parecía muy decepcionado. Le mencioné que usted y Miss Prism estaban en el jardín. Dijo que estaba ansioso por hablar con usted en privado por un momento.

Cecily. Pídale a Mr. Ernest Worthing que venga. Supongo que será mejor que usted hable con el ama de llaves y que ella prepare una habitación para él.

Merriman. Sí, Miss.

[**Merriman** se va].

Cecily. Nunca he conocido a una persona realmente perversa. Me siento bastante asustada. Tengo tanto miedo de que sea igual que los demás.

[Entra **Algernon**, muy alegre y debonnair]. ¡Lo es!

Algernon. [Alzando el sombrero.] Usted debe ser mi pequeña prima Cecily, estoy seguro.

Cecily. Está bajo un extraño error. No soy pequeña. De hecho, creo que soy más alta de lo normal para mi edad. [**Algernon** está bastante desconcertado]. Pero soy su prima Cecily. Usted, según veo por su tarjeta, es el hermano del tío Jack, mi primo Ernest, mi malvado primo Ernest.

Algernon. ¡Oh! En realidad no soy malvado en absoluto, prima Cecily. No debe pensar que soy malvado.

Cecily. Si no lo es, entonces ciertamente nos ha estado engañando a todos de una manera totalmente inexcusable. Espero que no haya estado llevando una doble vida, fingiendo ser malvado y siendo realmente bueno todo el tiempo. Eso sería hipocresía.

Algernon. [La mira con asombro]. ¡Oh! Por supuesto, he sido bastante imprudente.

Cecily. Me alegra oírlo.

Algernon. De hecho, ahora que menciona el tema, he sido muy malo a mi pequeña manera.

Cecily. No creo que deba sentirse tan orgulloso, aunque estoy segura de que debe haber sido muy agradable.

Algernon. Es mucho más agradable estar aquí con usted.

Cecily. No puedo entender cómo está usted aquí. El tío Jack no volverá hasta el lunes por la tarde.

ALGERNON. Es una gran decepción. Me veo obligado a irme en el primer tren del lunes por la mañana. Tengo una cita de negocios que estoy ansioso... ¿por perder?

CECILY. ¿No podría perderla en otro lugar que no fuera Londres?

ALGERNON. No... la cita es en Londres.

CECILY. Bueno, yo sé, por supuesto, lo importante que es no mantener un compromiso de negocios, si uno quiere conservar algún sentido de la belleza de la vida, pero aun así creo que es mejor que espere a que llegue el tío Jack. Sé que quiere hablar con usted sobre su emigración.

ALGERNON. ¿Sobre mi qué?

CECILY. Su emigración. Él ha ido a comprar su traje.

ALGERNON. Sin duda, no dejaría que Jack me comprara el traje. No tiene ningún gusto para las corbatas.

CECILY. No creo que necesite corbata. El tío Jack le enviará a usted a Australia.

ALGERNON. ¡Australia! Preferiría morir.

CECILY. Bueno, dijo en la cena del miércoles por la noche, que usted tendría que elegir entre este mundo, el otro y Australia.

ALGERNON. ¡Oh, vaya! Los relatos que he recibido de Australia y del otro mundo no son particularmente alentadores. Este mundo es suficiente para mí, prima Cecily.

CECILY. Sí, pero ¿es usted lo bastante bueno para ello?

ALGERNON. Me temo que no lo soy. Por eso quiero que me reforme. Podrías hacer de eso su misión, si no le importa, prima Cecily.

CECILY. Me temo que esta tarde no tengo tiempo.

ALGERNON. ¿Le importaría que yo me reformara a mí mismo esta tarde?

CECILY. Es bastante quijotesco de su parte. Pero creo que debería intentarlo.

ALGERNON. Lo haré. Ya me siento mejor.

CECILY. Tiene peor aspecto.

ALGERNON. Eso es porque tengo hambre.

CECILY. Qué desconsiderada soy. Debería haber recordado que cuando una va a llevar una vida completamente nueva, necesita comidas regulares y sanas. ¿No quiere entrar?

ALGERNON. Gracias. ¿Podría tomar una flor para el ojal primero? Nunca tengo apetito a menos que tenga una flor en el ojal primero.

CECILY. ¿Una Mariscal Niel? [Coge unas tijeras].

ALGERNON. No, preferiría una rosa rosa.

CECILY. ¿Por qué?

ALGERNON. Porque usted es como una rosa rosa, prima Cecily.

CECILY. No creo que esté bien que me hable así. Miss Prism nunca me dice esas cosas.

ALGERNON. Entonces Miss Prism es una vieja miope. [**Cecily** le pone la rosa en el ojal]. Usted es la muchacha más guapa que he visto nunca.

CECILY. Miss Prisma dice que toda buena apariencia es una trampa.

ALGERNON. Una trampa en la que todo hombre sensato desearía verse atrapado.

CECILY. Oh, no creo que quisiera atrapar a un hombre sensato. No sabría de qué hablar con él.

[Entran en la casa. Vuelven **Miss Prism** y el **Dr. Chasuble**].

Miss Prism. Usted está demasiado solo, querido Dr. Chasuble. Debería casarse. Puedo entender a un misántropo... pero a un mujerántropo, ¡nunca!

Chasuble. [Con un estremecimiento de erudito]. Créame, no merezco una frase tan neologística. Tanto el precepto como la práctica de la Iglesia Primitiva estaban claramente en contra del matrimonio.

Miss Prism. [Sentenciosamente]. Esa es obviamente la razón por la que la Iglesia Primitiva no ha perdurado hasta nuestros días. Y no parece darse cuenta, querido Doctor, de que al permanecer soltero persistentemente, un hombre se convierte en una tentación pública permanente. Los hombres deberían tener más cuidado; este mismo celibato extravía a los más débiles.

Chasuble. Pero, ¿no es igualmente atractivo un hombre casado?

Miss Prism. Ningún hombre casado es atractivo salvo para su mujer.

Chasuble. Y a menudo, me han dicho, ni siquiera para ella.

Miss Prism. Eso depende de las simpatías intelectuales de la mujer. Siempre se puede confiar en la edad madura. Se puede confiar en la madurez. Las mujeres jóvenes están verdes. [El **Dr. Chasuble** se sobresalta]. Lo digo en términos horticulturales. Mi metáfora estaba sacada de las frutas. ¿Dónde está Cecily?

Chasuble. Quizá nos siguió a las escuelas.

[Entra **Jack** lentamente desde el fondo del jardín. Va vestido del más profundo luto, con cinta de crapé en el sombrero y guantes negros].

Miss Prism. ¡Mr. Worthing!

Chasuble. ¿Mr. Worthing?

Miss Prism. Esto sí que es una sorpresa. No le esperábamos hasta el lunes por la tarde.

Jack. [Estrecha la mano de **Miss Prism** de forma trágica]. He vuelto antes de lo que esperaba. Dr. Chasuble, espero que se encuentre bien.

Chasuble. Querido Mr. Worthing, confío en que este atuendo de aflicción no sea presagio de alguna terrible calamidad.

Jack. Mi hermano.

Miss Prism. ¿Más deudas vergonzosas y extravagancias?

Chasuble. ¿Sigue llevando su vida de placer?

Jack. [Sacudiendo la cabeza]. ¡Ha muerto!

Chasuble. ¿Su hermano Ernest ha muerto?

Jack. Está bastante muerto.

Miss Prism. ¡Qué lección para él! Confío en que la aprovechará.

Chasuble. Mr. Worthing, le ofrezco mi más sincero pésame. Al menos le queda el consuelo de saber que siempre fue el más generoso e indulgente de los hermanos.

Jack. ¡Pobre Ernest! Tenía muchos defectos, pero es un golpe muy triste.

Chasuble. Muy triste. ¿Estuvo con él al final?

Jack. No. Murió en el extranjero; en París, de hecho. Anoche recibí un telegrama del gerente del Grand Hotel.

Chasuble. ¿Se mencionó la causa de la muerte?

Jack. Un fuerte resfrío, parece.

Miss Prism. Como un hombre siembra, así cosechará.

Chasuble. [Levantando la mano]. ¡Caridad, querida Miss Prism, caridad! Ninguno de nosotros es perfecto. Yo mismo soy peculiarmente susceptible a las corrientes de aire. ¿El entierro tendrá lugar aquí?

Jack. No. Parece que expresó su deseo de ser enterrado en París.

Chasuble. ¡En París! [Sacude la cabeza]. Me temo que eso apenas apunta a un estado de ánimo muy serio al fin. Sin duda desearía que hiciera alguna ligera alusión a esta trágica aflicción doméstica el próximo domingo. [**Jack** aprieta su mano convulsivamente]. Mi sermón sobre el significado del maná en el desierto puede adaptarse a casi cualquier ocasión, alegre o, como en el caso presente, angustiosa. [Todos suspiran]. Lo he predicado en celebraciones de la cosecha, bautizos, confirmaciones, en días de humillación y días festivos. La última vez que lo pronuncié fue en la Catedral, como sermón de caridad en nombre de la Sociedad para la Prevención del Descontento entre las Órdenes Superiores. El obispo, que estaba presente, quedó muy impresionado por algunas de las analogías que tracé.

Jack. ¡Ah! eso me recuerda, usted mencionó el bautismo, creo, ¿Dr. Chasuble? Supongo que sabe bautizar, ¿no es así? [El **Dr. Chasuble** parece asombrado]. Quiero decir, por supuesto, usted está continuamente bautizando, ¿verdad?

Miss Prism. Es, lamento decirlo, uno de los deberes más constantes del Rector en esta parroquia. A menudo he hablado a las clases más pobres sobre el tema. Pero no parecen saber lo que es el ahorro.

Chasuble. ¿Pero hay algún infante en particular en el que esté interesado, Mr. Worthing? Su hermano era, creo, soltero, ¿no es así?

Jack. Ah, sí.

Miss Prism. [Amargamente]. Las personas que viven enteramente para el placer suelen serlo.

Jack. Pero no es para un niño, querido doctor. Me gustan mucho los niños. ¡No! el hecho es que me gustaría ser bautizado, yo mismo, esta tarde, si no tiene nada mejor que hacer.

Chasuble. Pero, con seguridad, Mr. Worthing, usted ya ha sido bautizado.

Jack. No recuerdo nada al respecto.

Chasuble. Pero, ¿tiene alguna grave duda al respecto?

Jack. Ciertamente tengo la intención de hacerlo. Por supuesto, no sé si la cosa le molestaría de alguna manera, o si piensa que ya soy un poco mayor.

Chasuble. En absoluto. La aspersión y, de hecho, la inmersión de adultos es una práctica perfectamente canónica.

Jack. ¡Inmersión!

Chasuble. No necesita tener aprensiones. Aspersión es todo lo que es necesario, o de hecho creo que aconsejable. Nuestro tiempo es tan cambiante. ¿A qué hora desea que se celebre la ceremonia?

Jack. Oh, podría darme una vuelta alrededor de las cinco si le parece bien.

Chasuble. Perfectamente, ¡perfectamente! De hecho tengo dos ceremonias similares para realizar en ese momento. Un caso de gemelos que ocurrió hace poco en una de las casas de campo periféricas de su propia finca. El pobre Jenkins el carretero, un hombre muy trabajador.

Jack. No le veo mucha gracia a ser bautizado junto con otros bebés. Sería algo infantil. ¿Le parece bien a las cinco y media?

Chasuble. ¡Admirablemente! ¡Admirablemente! [Saca el reloj]. Y ahora, querido Mr. Worthing, no me entrometeré más en una casa de dolor. Sólo quiero rogarle que no se deje abatir demasiado por la pena. Lo que nos parecen amargas pruebas son a menudo bendiciones disfrazadas.

Miss Prism. Esto me parece una bendición de un tipo extremadamente obvio.

[Entra **Cecily** desde la casa].

Cecily. ¡Tío Jack! Oh, me alegro de verle de vuelta. ¡Pero qué ropa tan horrible lleva! Vaya a cambiársela.

Miss Prism. ¡Cecily!

Chasuble. ¡Mi niña! ¡Mi niña! [**Cecily** va hacia **Jack**; él besa su frente de forma melancólica].

Cecily. ¿Qué pasa, tío Jack? ¡Alégrese! Parece como si le dolieran las muelas, y tengo una sorpresa para usted. ¿Quién cree que está en el comedor? ¡Su hermano!

Jack. ¿Quién?

Cecily. Su hermano Ernest. Llegó hace media hora.

Jack. ¡Qué tontería! No tengo ningún hermano.

Cecily. No diga eso. Por muy mal que se haya portado con usted en el pasado sigue siendo tu hermano. No podría ser tan despiadado como para repudiarle. Le diré que salga. Y le dará la mano, ¿verdad, tío Jack? [Vuelve corriendo a la casa].

Chasuble. Son noticias muy alegres.

Miss Prism. Después de que todos nos hubiéramos resignado a su pérdida, su repentino regreso me parece peculiarmente angustioso.

Jack. ¿Mi hermano está en el comedor? No sé qué significa todo esto. Creo que es perfectamente absurdo.

[Entran **Algernon** y **Cecily** de la mano. Se acercan lentamente a **Jack**].

Jack. ¡Santo cielo! [Le hace señas a **Algernon** para que se aleje].

Algernon. Hermano John, he venido de la ciudad para decirte que siento mucho todos los problemas que te he causado y que tengo la intención de llevar una vida mejor en el futuro. [**Jack** le fulmina con la mirada y no le coge la mano].

Cecily. Tío Jack, ¿no va a rechazar la mano de su propio hermano?

Jack. Nada me inducirá a tomarle la mano. Creo que el hecho de venir aquí es vergonzoso. Él sabe perfectamente por qué.

Cecily. Tío Jack, sea bueno. Todos tenemos algo bueno. Ernest acaba de hablarme de su pobre amigo inválido, Mr. Bunbury, al que va a visitar tan a menudo. Y seguramente debe haber mucho de bien en alguien que es amable con un inválido, y deja los placeres de Londres para sentarse junto a un lecho de dolor.

Jack. ¡Oh! Ha estado hablando de Bunbury, ¿verdad?

Cecily. Sí, me ha contado todo sobre el pobre Mr. Bunbury, y su terrible estado de salud.

Jack. ¡Bunbury! Bueno, no quiero que él te hable de Bunbury ni de ninguna otra cosa. Es suficiente para volverle loco a uno.

Algernon. Por supuesto, admito que todas las faltas estuvieron de mi parte. Pero debo decir que creo que la frialdad del Hermano John hacia mí es peculiarmente dolorosa. Esperaba una acogida más entusiasta, sobre todo teniendo en cuenta que es la primera vez que vengo aquí.

Cecily. Tío Jack, si no le da la mano a Ernest nunca se lo perdonaré.

Jack. ¿Nunca me perdonarás?

Cecily. ¡Nunca, nunca, nunca!

Jack. Bueno, esta es la última vez que lo haré. [Se da la mano con **Algernon** y lo fulmina con la mirada].

Chasuble. Es agradable, ¿verdad?, ver una reconciliación tan perfecta. Creo que podríamos dejar a los dos hermanos juntos.

Miss Prism. Cecily, vendrás con nosotros.

Cecily. Desde luego, Miss Prism. Mi pequeña tarea de reconciliación ha terminado.

Chasuble. Has hecho una hermosa acción hoy, querida niña.

Miss Prism. No debemos ser prematuros en nuestros juicios.

Cecily. Me siento muy feliz. [Todos se van excepto **Jack** y **Algernon**].

Jack. Joven sinvergüenza, Algy, debes irte de este lugar lo antes posible. No permito ningún bunburyar aquí.

[Entra **Merriman**].

Merriman. He puesto las cosas de Mr. Ernest en la habitación contigua a la suya, señor. ¿Supongo que le parece bien?

Jack. ¿Qué?

Merriman. El equipaje de Mr. Ernest, señor. Lo he deshecho y lo he puesto en la habitación contigua a la suya.

Jack. ¿Su equipaje?

Merriman. Sí, señor. Tres portamaletas, un maletín, dos sombrereras y una gran fiambrera.

Algernon. Me temo que esta vez no podré quedarme más de una semana.

Jack. Merriman, pide el carro de inmediato. Mr. Ernest ha sido llamado repentinamente a la ciudad.

Merriman. Sí, señor. [Vuelve a entrar en la casa].

Algernon. Qué temible mentiroso eres, Jack. No me han llamado de la ciudad para nada.

Jack. Sí, es así.

Algernon. No he oído que nadie me llame.

Jack. Tu deber como caballero te llama.

Algernon. Mi deber como caballero nunca ha interferido en lo más mínimo con mis placeres.

Jack. Lo comprendo perfectamente.

Algernon. Bueno, Cecily es un encanto.

Jack. No debes hablar así de Miss Cardew. No me gusta.

Algernon. Bueno, a mí no me gusta tu ropa. Te ves perfectamente ridículo en ellas. ¿Por qué diablos no subes y te cambias? Es perfectamente infantil estar profundamente de luto por un hombre que se va a quedar toda una semana contigo, en tu casa, como invitado. Yo lo llamo grotesco.

Jack. Por supuesto que no te vas a quedar conmigo una semana entera como invitado ni nada por el estilo. Tienes que irte... en el tren de las cuatro y cinco.

Algernon. Ciertamente no te dejaré mientras estés de luto. Sería de lo más antipático. Si yo estuviera de luto te quedarías conmigo, supongo. Me parecería muy poco amable que no lo hicieras.

Jack. Bueno, ¿te irás si me cambio de ropa?

Algernon. Sí, si no tardas demasiado. Nunca vi a nadie tardar tanto en vestirse, y con tan poco resultado.

Jack. Bueno, en cualquier caso, eso es mejor que ir siempre demasiado vestido como tú lo haces.

Algernon. Si de vez en cuando voy demasiado bien vestido, lo compenso siendo siempre completamente demasiado educado.

Jack. Tu vanidad es ridícula, tu conducta un ultraje y tu presencia en mi jardín completamente absurda. Sin embargo, tienes que coger el tren de las cuatro y cinco, y espero que tengas un agradable viaje de vuelta a la ciudad. Este bunburysmo, como tú lo llamas, no ha sido un gran éxito para ti.

[Entra en la casa].

ALGERNON. Creo que ha sido un gran éxito. Estoy enamorado de Cecily, y eso lo es todo.

[Entra **Cecily** por el fondo del jardín. Coge la regadera y empieza a regar las flores]. Pero debo verla antes de irme, y hacer arreglos para otro Bunbury. Ah, ahí está.

CECILY. Oh, sólo he vuelto para regar las rosas. Pensé que estaba con el tío Jack.

ALGERNON. Él ha ido a encargar el coche.

CECILY. Oh, ¿le va a llevar a dar un buen paseo?

ALGERNON. Va a echarme.

CECILY. Entonces, ¿tenemos que separarnos?

ALGERNON. Me temo que sí. Es una separación muy dolorosa.

CECILY. Siempre es doloroso separarse de personas a las que uno ha conocido durante un breve espacio de tiempo. La ausencia de viejos amigos una puede soportarla con ecuanimidad. Pero incluso una separación momentánea de alguien a quien una acaba de ser presentado es casi insoportable.

ALGERNON. Gracias.

[Entra **Merriman**].

MERRIMAN. El coche está en la puerta, señor. [**Algernon** mira atentamente a **Cecily**].

CECILY. Puede esperar, Merriman, por... cinco minutos.

MERRIMAN. Sí, Miss. [Sale **Merriman**].

ALGERNON. Espero, Cecily, no ofenderle si te digo franca y abiertamente que me pareces en todos los sentidos la personificación visible de la perfección absoluta.

Cecily. Creo que su franqueza le honra mucho, Ernest. Si me lo permite, copiaré sus comentarios en mi diario. [Se acerca a la mesa y comienza a escribir en el diario].

Algernon. ¿De verdad lleva un diario? Daría lo que fuera por echarle un vistazo. ¿Me permite?

Cecily. Oh, no. [Pone la mano sobre él]. Verá, es simplemente el registro de una muchacha muy joven, de sus propios pensamientos e impresiones, y en consecuencia destinado a la publicación. Cuando aparezca en forma de volumen espero que pida un ejemplar. Pero, por favor, Ernest, no se detenga. Me encanta tomar notas al dictado. He alcanzado «perfección absoluta». Puede continuar. Estoy preparada para más.

Algernon. [Algo desconcertado]. ¡Ejem! ¡Ejem!

Cecily. Oh, no tosa, Ernest. Cuando uno está dictando debe hablar con fluidez y no toser. Además, no sé cómo se escribe la tos. [Escribe mientras **Algernon** habla].

Algernon. [Hablando muy deprisa]. Cecily, desde que contemplé por primera vez su maravillosa e incomparable belleza, me he atrevido a amarle salvajemente, apasionadamente, devotamente, sin esperanza.

Cecily. No creo que deba decirme que me amas salvajemente, apasionadamente, devotamente, sin esperanza. Sin esperanza no parece tener mucho sentido, ¿verdad?

Algernon. ¡Cecily!

[Entra **Merriman**].

Merriman. El coche está esperando, señor.

Algernon. Dígale que venga la semana que viene, a la misma hora.

Merriman. [Mira a **Cecily**, que no hace ninguna señal]. Sí, señor.

[**Merriman** se retira].

Cecily. El tío Jack se enfadaría mucho si supiera que se queda hasta la semana que viene, a la misma hora.

Algernon. Oh, no me importa lo que piense Jack. No me importa nadie en el mundo entero excepto usted. La amo, Cecily. Se casará conmigo, ¿verdad?

Cecily. ¡Niño tonto! Por supuesto. Vaya, hemos estado comprometidos durante los últimos tres meses.

Algernon. ¿Durante los últimos tres meses?

Cecily. Sí, el jueves hará exactamente tres meses.

Algernon. Pero, ¿cómo nos comprometimos?

Cecily. Bueno, desde que el querido tío Jack nos confesó por primera vez que tenía un hermano menor muy malvado e inadecuado, usted ha sido, por supuesto, el principal tema de conversación entre Miss Prism y yo. Y, por supuesto, un hombre del que se habla mucho siempre resulta muy atractivo. Una siente que debe haber algo en él, después de todo. Me atrevería a decir que fue una tontería por mi parte, pero me enamoré de usted, Ernest.

Algernon. ¡Cariño! ¿Y cuándo se resolvió realmente el compromiso?

Cecily. El pasado 14 de febrero. Agotada por su total ignorancia de mi existencia, decidí poner fin al asunto de una forma u otra, y tras una larga lucha conmigo misma le acepté bajo este viejo y querido árbol de aquí. Al día siguiente compré este pequeño anillo en su nombre, y éste es el pequeño brazalete con el verdadero nudo de enamorada que le prometí llevar siempre.

Algernon. ¿Te he dado esto? Es muy bonito, ¿verdad?

Cecily. Sí, tiene un gusto maravillosamente bueno, Ernest. Es la excusa que siempre he dado para que lleve tan mala vida. Y ésta es la caja en la que guardo todas sus queridas cartas. [Se arrodilla bajo la mesa, abre la caja y saca las cartas atadas con una cinta azul].

Algernon. ¡Mis cartas! Pero, mi dulce Cecily, nunca le he escrito ninguna carta.

Cecily. No hace falta que me lo recuerde, Ernest. Recuerdo demasiado bien que me vi obligada a escribir sus cartas por usted. Escribía siempre tres veces por semana, y a veces más.

Algernon. Oh, ¿me deja leerlas, Cecily?

Cecily. Oh, no podría. Le harían demasiado engreído. [Coloca nuevamente la caja]. Las tres que me escribió después de que rompiera el compromiso son tan bonitas, y están tan mal escritas, que incluso ahora apenas si puedo leerlas sin llorar un poco.

Algernon. ¿Pero, se rompió alguna vez nuestro compromiso?

Cecily. Por supuesto que fue así. El 22 de marzo pasado. Puede ver la entrada si quieres. [Muestra el diario]. «Hoy rompí mi compromiso con Ernest. Siento que es mejor hacerlo. El tiempo sigue siendo encantador».

Algernon. Pero, ¿por qué demonios lo rompió? ¿Qué había hecho? No había hecho nada en absoluto. Cecily, me duele mucho saber que lo rompió. Sobre todo cuando el tiempo era tan encantador.

Cecily. Difícilmente habría sido un compromiso serio si no se hubiera roto al menos una vez. Pero le perdoné antes de que acabara la semana.

Algernon. [Cruza hacia ella y se arrodilla]. Qué ángel tan perfecto es, Cecily.

Cecily. Querido muchacho romántico. [Él la besa, ella le pasa los dedos por el pelo]. Espero que su pelo se rice de forma natural, ¿verdad?

Algernon. Sí, cariño, con un poco de ayuda de los demás.

Cecily. Me alegro mucho.

ALGERNON. ¿No volverá a romper nuestro compromiso, Cecily?

CECILY. No creo que pueda romperlo ahora que realmente le he conocido. Además, por supuesto, está la cuestión de su nombre.

ALGERNON. Sí, por supuesto. [Nerviosamente].

CECILY. No debe reírse de mí, querido, pero siempre había sido un sueño de niña amar a alguien que se llamara Ernest. [**Algernon** se levanta, **Cecily** también]. Hay algo en ese nombre que parece inspirar una confianza absoluta. Compadezco a cualquier pobre mujer casada cuyo marido no se llame Ernest.

ALGERNON. Pero, querida niña, ¿quiere decir que no podría quererme si tuviera otro nombre?

CECILY. ¿Pero, qué nombre?

ALGERNON. Oh, el nombre que quiera —Algernon— por ejemplo...

CECILY. Pero no me gusta el nombre Algernon.

ALGERNON. Bueno, mi querido, dulce y cariñoso amorcito, realmente no veo por qué debería oponerse al nombre de Algernon. No es en absoluto un mal nombre. De hecho, es más bien un nombre aristocrático. La mitad de las personas que entran en el Tribunal de Quiebras se llaman Algernon. Pero, en serio, Cecily... [dirigiéndose a ella] ... si me llamara Algy, ¿no podría quererme?

CECILY. [Podría respetarle, Ernest, podría admirar su carácter, pero me temo que no podría prestarle toda mi atención.

ALGERNON. ¡Ejem! ¡Cecily! [Recogiendo el sombrero]. ¿Supongo que su Rector aquí presente está completamente experimentado en la práctica de todos los ritos y ceremoniales de la Iglesia?

CECILY. Ah, sí. El Dr. Chasuble es un hombre muy erudito. Nunca ha escrito un solo libro, así que puede imaginarse lo mucho que sabe.

ALGERNON. Debo verle de inmediato por un bautizo muy importante, quiero decir, por un asunto muy importante.

Cecily. ¡Oh!

Algernon. No estaré fuera más de media hora.

Cecily. Considerando que estamos prometidos desde el 14 de febrero, y que sólo le he visto hoy por primera vez, creo que es bastante duro que me deje por un período tan largo como media hora. ¿No podrían ser veinte minutos?

Algernon. Volveré enseguida.

[La besa y sale corriendo por el jardín]

Cecily. ¡Qué muchacho tan impetuoso es! Me gusta mucho su pelo. Debo anotar su propuesta en mi diario.

[Entra **Merriman**].

Merriman. Una tal Miss Fairfax acaba de llegar para ver a Mr. Worthing. Por asuntos muy importantes, afirma Miss Fairfax.

Cecily. ¿No está Mr. Worthing en su biblioteca?

Merriman. Mr. Worthing fue en dirección a la Rectoría hace algún tiempo.

Cecily. Por favor, pídele a la dama que venga; seguro que Mr. Worthing vuelve pronto. Y usted puede traer el té.

Merriman. Sí, Miss. [Sale].

Cecily. ¡Miss Fairfax! Supongo que es una de las muchas buenas mujeres mayores que están asociadas con el tío Jack en algunos de sus obras filantrópicas en Londres. No me gustan mucho las mujeres que se interesan por las obras filantrópicas. Creo que es muy atrevido de su parte.

[Entra **Merriman**].

Merriman. Miss Fairfax.

[Entra **Gwendolen**].

[Sale **Merriman**].

Cecily. [Avanzando a su encuentro]. Permítame que me presente ante usted. Mi nombre es Cecily Cardew.

Gwendolen. ¿Cecily Cardew? [Se acerca a ella y le estrecha la mano]. ¡Qué nombre tan dulce! Algo me dice que vamos a ser grandes amigas. Ya me agrada más de lo que puedo decir. Mis primeras impresiones de la gente nunca son equivocadas.

Cecily. Qué bien que le guste tanto después de conocernos desde hace tan poco tiempo. Por favor, siéntese.

Gwendolen. [Aún de pie]. Puedo llamarte Cecily, ¿no?

Cecily. ¡Con mucho gusto!

Gwendolen. Y tú siempre me llamarás Gwendolen, ¿verdad?

Cecily. Si lo deseas.

Gwendolen. Entonces ya está todo arreglado, ¿no?

Cecily. Eso espero. [Una pausa. Ambas se sientan juntas].

Gwendolen. Quizás esta sea una oportunidad propicia para que mencione quién soy. Mi padre es Lord Bracknell. Supongo que nunca has oído hablar de papá.

Cecily. No lo creo.

Gwendolen. Fuera del círculo familiar, papá, me alegra decirlo, es totalmente desconocido. Creo que así es como debe ser. El hogar me parece la esfera apropiada para el hombre. Y ciertamente, una vez que un hombre empieza a descuidar sus deberes domésticos se vuelve dolorosamente afeminado, ¿no es así? Y eso no me gusta. Hace a los hombres muy atractivos. Cecily, mamá, cuyos puntos de vista sobre la educación son notablemente estrictos, me ha educado para ser extremadamente miope; es parte de su sistema; así que ¿te importa que te mire con mis gafas?

Cecily. ¡Oh! En absoluto, Gwendolen. Me gusta mucho que me miren.

Gwendolen. [Después de examinar cuidadosamente a **Cecily** a través de unos anteojos de ópera]. Está aquí haciendo una visita corta, supongo.

Cecily. ¡Oh, no! Yo vivo aquí.

Gwendolen. [Severamente]. ¿En serio? ¿Su madre, sin duda, o alguna pariente femenina de edad avanzada, reside aquí también?

Cecily. ¡Oh, no! No tengo madre, ni, de hecho, ningún pariente.

Gwendolen. ¿Ah, sí?

Cecily. Mi querido tutor, con la ayuda de Miss Prism, tiene la ardua tarea de cuidarme.

Gwendolen. ¿Su tutor?

Cecily. Sí, soy la pupila de Mr. Worthing.

Gwendolen. ¡Oh! Es extraño que nunca me mencionara que tenía una pupila. ¡Qué reservado es! Se vuelve más interesante cada hora. No estoy segura, sin embargo, de que la noticia me inspire sentimientos de placer incontaminados. [Se levanta y va hacia ella]. ¡Te tengo mucho cariño, Cecily; me has gustado desde que te conocí! Pero debo decir que ahora que sé que eres la pupila de Mr. Worthing, no puedo evitar expresar mi deseo de que fueras... bueno, sólo un poco mayor de lo que pareces ser y no tan seductora en apariencia. De hecho, si puedo hablar con franqueza...

Cecily. ¡Por favor! Creo que siempre que una tenga algo desagradable que decir, debe ser sincera.

Gwendolen. Bueno, para hablar con perfecta franqueza, Cecily, desearía que tuvieras cuarenta y dos años, y fueras más insulsa de lo normal para tu edad. Ernest tiene una fuerte naturaleza recta. Es el alma misma de la verdad y el honor. La deslealtad le sería tan imposible como el engaño. Pero incluso los hombres con el carácter moral más noble posible son extremadamente susceptibles a la influencia de los encantos físicos de los demás. La Historia Moderna, no menos que la Antigua, nos suministra muchos ejemplos dolorosísimos de aquello a lo que me refiero. Si no fuera así, de hecho, la Historia sería bastante ilegible.

Cecily. Perdona, Gwendolen, ¿has dicho Ernest?

Gwendolen. Sí.

Cecily. Oh, pero no es Mr. Ernest Worthing quien es mi tutor. Es su hermano... su hermano mayor.

Gwendolen. [Sentándose de nuevo]. Ernest nunca me mencionó que tuviera un hermano.

Cecily. Lamento decir que hace tiempo que no se llevan bien.

Gwendolen. ¡Ah! Eso lo explica todo. Y ahora que lo pienso nunca he oído a ningún hombre mencionar a su hermano. El tema parece desagradable para la mayoría de los hombres. Cecily, me has quitado un peso de encima. Casi me estaba volviendo ansiosa. Habría sido terrible que alguna nube se hubiera cruzado en una amistad como la nuestra, ¿verdad? Por supuesto, ¿estás muy, muy segura de que no es Mr. Ernest Worthing tu tutor?

Cecily. Totalmente segura. [Una pausa]. De hecho, voy a ser suya.

Gwendolen. [Inquiriendo]. ¿Cómo dices?

Cecily. [Algo tímida y haciéndole una confidencia]. Queridísima Gwendolen, no hay razón para que te lo oculte. Nuestro pequeño periódico del condado seguramente hará una crónica del hecho la próxima semana. Mr. Ernest Worthing y yo estamos comprometidos para casarnos.

Gwendolen. [Muy cortésmente, levantándose]. Mi querida Cecily, creo que debe haber un pequeño error. Mr. Ernest Worthing está comprometido conmigo. El anuncio aparecerá en el *Morning Post* el sábado a más tardar.

Cecily. [Muy cortésmente, levantándose]. Me temo que debes estar bajo algún concepto erróneo. Ernest me propuso matrimonio hace exactamente diez minutos. [Muestra el diario].

Gwendolen. [Examina atentamente el diario a través de sus anteojos de ópera]. Es ciertamente muy curioso, pues él me pidió que fuera su esposa ayer por la tarde a las 5:30. Si deseas verificar el incidente, te ruego que lo hagas. [Saca su propio diario]. Nunca viajo sin mi diario. Una siempre debería tener algo sensacional para leer en el tren. Lo siento mucho, querida Cecily, si es alguna decepción para ti, pero me temo que tengo el pedido más antiguo.

Cecily. Me afligiría más de lo que puedo decirte, querida Gwendolen, si te causara alguna angustia mental o física, pero me siento obligada a señalar que desde que Ernest te propuso matrimonio está claro que ha cambiado de opinión.

Gwendolen. [Meditativamente]. Si el pobre hombre ha sido atrapado en alguna promesa tonta, consideraré mi deber rescatarlo de inmediato, y con mano firme.

Cecily. [Pensativa y triste]. Sea cual sea el desafortunado enredo en el que se haya metido mi querido muchacho, nunca se lo reprocharé después de casarnos.

Gwendolen. ¿Se refiere a mí, Miss Cardew, como un enredo? Es usted presuntuosa. En una ocasión de este tipo se convierte en algo más que un deber moral decir lo que una piensa. Se convierte en un placer.

Cecily. ¿Sugiere, Miss Fairfax, que he engañado a Ernest para comprometerlo? ¿Cómo se atreve? No es momento de usar la superficial máscara de los modales. Cuando veo una pala la llamo pala.

Gwendolen. [Satíricamente]. Me alegra decir que nunca he visto una pala. Es obvio que nuestras esferas sociales han sido muy diferentes.

[Entra **Merriman**, seguido por el lacayo. Lleva una bandeja, un mantel y un soporte para platos. **Cecily** está a punto de replicar. La presencia de los criados ejerce una influencia restrictiva, bajo la cual ambas muchachas se irritan].

MERRIMAN. ¿Sirvo aquí el té como de costumbre, Miss?

CECILY. [Severamente, con voz tranquila]. Sí, como de costumbre. [**Merriman** empieza a recoger la mesa y a poner el mantel. Una larga pausa. **Cecily** y **Gwendolen** se miran la una a la otra].

GWENDOLEN. ¿Hay muchos paseos interesantes en los alrededores, Miss Cardew?

CECILY. ¡Oh, sí! Muchísimos. Desde lo alto de una de las colinas bastante cerca se pueden ver cinco condados.

GWENDOLEN. ¡Cinco condados! No creo que eso me guste; odio las multitudes.

CECILY. [Dulcemente]. ¿Supongo que por eso vive en la ciudad? [**Gwendolen** se muerde el labio y se golpea nerviosamente el pie con su sombrilla].

GWENDOLEN. [Mirando alrededor]. Qué jardín tan bien cuidado es éste, Miss Cardew.

CECILY. Me alegro de que le guste, Miss Fairfax.

GWENDOLEN. No tenía noción de que hubiera flores en el campo.

CECILY. Oh, las flores son tan comunes aquí, Miss Fairfax, como la gente en Londres.

GWENDOLEN. Personalmente no puedo entender cómo alguien logra existir en el campo, si es que alguien que es alguien lo logra. El campo siempre me aburre hasta la muerte.

CECILY. ¡Ah! Eso es lo que los periódicos llaman depresión agrícola, ¿no? Creo que la aristocracia la está sufriendo mucho en estos momentos.

Es casi una epidemia entre ellos, me han dicho. ¿Puedo ofrecerle un poco de té, Miss Fairfax?

Gwendolen. [Con elaborada cortesía]. Gracias. [Aparte]. ¡Una muchacha detestable! ¡Pero necesito té!

Cecily. [Dulcemente]. ¿Azúcar?

Gwendolen. [Con desprecio]. No, gracias. El azúcar ya no está de moda. [**Cecily** la mira enfadada, coge las pinzas y pone cuatro terrones de azúcar en la taza].

Cecily. [Severamente]. ¿Pastel o pan con mantequilla?

Gwendolen. [De forma aburrida]. Pan con mantequilla, por favor. El pastel se ve raramente en las mejores casas hoy en día.

Cecily. [Corta un trozo muy grande de pastel y lo pone en la bandeja]. Sírvale esto a Miss Fairfax.

[**Merriman** así lo hace y sale con el lacayo. **Gwendolen** bebe el té y hace una mueca. Deja la taza enseguida, alarga la mano hacia el pan con mantequilla, lo mira y descubre que es pastel. Se levanta indignada].

Gwendolen. Me ha llenado el té de terrones de azúcar, y aunque pedí claramente pan con mantequilla, me ha dado pastel. Soy conocida por la gentileza de mi disposición y la extraordinaria dulzura de mi naturaleza, pero le advierto, Miss Cardew, que puede haber ido demasiado lejos.

Cecily. [Levantándose]. Para salvar a mi pobre, inocente y confiado muchacho de las maquinaciones de cualquier otra muchacha no hay extremos a los que no llegaría.

Gwendolen. Desde el momento en que la vi desconfié de usted. Sentí que era falsa y engañosa. Nunca me engaño en estos asuntos. Mis primeras impresiones de la gente son invariablemente correctas.

Cecily. Me parece, Miss Fairfax, que estoy invadiendo su valioso tiempo. Sin duda tiene muchas otras visitas de carácter similar que hacer en el vecindario.

[Entra **Jack**].

GWENDOLEN. [Al verle]. ¡Ernest! ¡Mi Ernest!

JACK. ¡Gwendolen! ¡Querida! [Se acerca a besarla].

GWENDOLEN. [Retrocede]. ¡Un momento! ¿Puedo preguntarte si estás comprometido para casarse con esta joven? [Señala a **Cecily**].

JACK. [Riéndose]. ¡Con la pequeña y querida Cecily! ¡Claro que no! ¿Qué ha podido meter semejante idea en tu linda cabecita?

GWENDOLEN. Gracias. Puedes besarme. [Ofrece su mejilla].

CECILY. [Muy dulcemente.] Sabía que debía haber algún malentendido, Miss Fairfax. El caballero cuyo brazo está en este momento alrededor de su cintura es mi tutor, Mr. John Worthing.

GWENDOLEN. ¿Cómo dice?

CECILY. Este es mi tío Jack.

GWENDOLEN. [Retirándose]. ¡Jack! ¡Oh!

[Entra **Algernon**].

CECILY. Aquí está Ernest.

ALGERNON. [Va directamente hacia **Cecily** sin fijarse en nadie más]. ¡Mi amor! [Se acerca a besarla].

CECILY. [Retrocediendo]. ¡Un momento, Ernest! ¿Puedo preguntarte si estás comprometido para casarte con esta joven?

ALGERNON. [Mirando a su alrededor]. ¿Con qué joven? ¡Santo cielo! ¡Gwendolen!

CECILY. ¡Sí! Con santo cielo Gwendolen, quiero decir, con Gwendolen.

ALGERNON. [Riéndose]. ¡Claro que no! ¿Qué pudo haberte metido semejante idea en tu linda cabecita?

CECILY. Gracias. [Presentando su mejilla para ser besada]. Puedes besarme. [**Algernon** la besa].

GWENDOLEN. Creo que ha habido un pequeño error, Miss Cardew. El caballero que ahora la abraza es mi primo, Mr. Algernon Moncrieff.

CECILY. [Se separa de **Algernon**]. ¡Algernon Moncrieff! ¡Oh! [Las dos muchachas se acercan la una a la otra y se rodean la cintura con los brazos para protegerse].

CECILY. ¿Te llamas Algernon?

ALGERNON. No puedo negarlo.

CECILY. ¡Oh!

GWENDOLEN. ¿Es tu nombre realmente John?

JACK. [De pie, bastante orgulloso]. Podría negarlo si quisiera. Podría negar cualquier cosa si quisiera. Pero mi nombre ciertamente es John. Ha sido John durante años.

CECILY. [A **Gwendolen**]. Nos han hecho caer en un burdo engaño a ambas.

GWENDOLEN. ¡Mi pobre Cecily herida!

CECILY. ¡Mi dulce agraviada Gwendolen!

GWENDOLEN. [Lenta y seriamente]. Me llamarás hermana, ¿verdad? [Se abrazan. **Jack** y **Algernon** gimen y caminan arriba y abajo].

CECILY. [Bastante alegre]. Sólo hay una pregunta que me gustaría que se me permitiera hacerle a mi tutor.

GWENDOLEN. ¡Una idea admirable! Mr. Worthing, sólo hay una pregunta que me gustaría que me permitiera hacerle. ¿Dónde está su hermano

Ernest? Ambas estamos comprometidas en matrimonio con su hermano Ernest, así que es un asunto de cierta importancia para nosotras saber dónde se encuentra su hermano Ernest en estos momentos.

Jack. [Lentamente y vacilando]. Gwendolen... Cecily... es muy doloroso para mí verme obligado a decir la verdad. Es la primera vez en mi vida que me veo reducido a una posición tan dolorosa, y realmente soy bastante inexperto en hacer algo por el estilo. Sin embargo, les diré con toda franqueza que no tengo ningún hermano Ernest. No tengo ningún hermano. Nunca he tenido un hermano en mi vida, y desde luego no tengo la menor intención de tenerlo en el futuro.

Cecily. [Sorprendida]. ¿Ningún hermano?

Jack. [Alegremente]. ¡Ninguno!

Gwendolen. [Severamente]. ¿Nunca tuvo un hermano de ningún tipo?

Jack. [Nunca]. Ni siquiera de algún tipo.

Gwendolen. Me temo que está bastante claro, Cecily, que ninguna de nosotras está comprometida para casarse con nadie.

Cecily. No es una posición muy agradable en la que una joven se encuentre de repente. ¿Lo es?

Gwendolen. Entremos en la casa. Difícilmente se aventurarán a perseguirnos allí.

Cecily. No, los hombres son tan cobardes, ¿verdad?

[Se retiran a la casa con miradas desdeñosas].

Jack. Este espantoso estado de cosas es lo que tú llamas bunburyar, supongo.

Algernon. Sí, y es un Bunbury perfectamente maravilloso. El Bunbury más maravilloso que he tenido en mi vida.

Jack. No tienes ningún derecho a Bunbury aquí.

Algernon. Eso es absurdo. Uno tiene derecho a Bunbury donde quiera. Todo bunburyista serio lo sabe.

Jack ¡Bunburyista serio! ¡Santo cielo!

Algernon. Bueno, uno debe ser serio en algo, si quiere tener alguna diversión en la vida. Resulta que yo me tomo en serio el bunburysmo. No tengo ninguna noción de lo que te tomas en serio. Te tomas todo en serio, me imagino. Tú tienes una naturaleza tan absolutamente trivial.

Jack. Bueno, la única pequeña satisfacción que tengo en todo este desgraciado asunto es que tu amigo Bunbury ha explotado. No podrás escaparte al campo tan a menudo como solías hacerlo, querido Algy. Y eso es algo muy bueno.

Algernon. Tu hermano está un poco descolocado, ¿verdad, querido Jack? No podrá desaparecer a Londres con tanta frecuencia como era tu perversa costumbre. Y eso tampoco es algo malo.

Jack. En cuanto a tu conducta hacia Miss Cardew, debo decir que tomar una chica dulce, sencilla e inocente como ella es bastante inexcusable. Por no hablar del hecho de que es mi pupila.

Algernon. No veo defensa posible en absoluto para que hayas engañado a una joven brillante, inteligente y con mucha experiencia como Miss Fairfax. Por no hablar del hecho de que es mi prima.

Jack. Quería comprometerme con Gwendolen, eso es todo. La amo.

Algernon. Bueno, yo simplemente quería comprometerme con Cecily. La adoro.

Jack. Desde luego, no hay ninguna posibilidad de que te cases con Miss Cardew.

Algernon. No creo que haya muchas probabilidades, Jack, de que tú y Miss Fairfax estén unidos.

Jack. Bueno, eso no es asunto suyo.

Algernon. Si fuera asunto mío, no hablaría de ello. [Empieza a comer muffins]. Es muy vulgar hablar de los negocios de uno. Sólo la gente como los corredores de bolsa lo hacen, y sólo cuando están cenando.

Jack. Cómo puedes sentarte ahí, comiendo muffins tranquilamente cuando estamos en este horrible problema, no puedo entenderlo. Me pareces totalmente desalmado.

Algernon. Bueno, no puedo comer muffins con agitación. La mantequilla probablemente me mancharía los puños. Siempre hay que comer muffins con calma. Es la única manera de comerlos.

Jack. Digo que es perfectamente despiadado que comas muffins, dadas las circunstancias.

Algernon. Cuando estoy en apuros, comer es lo único que me consuela. De hecho, cuando estoy en verdaderos apuros, como te dirá cualquiera que me conozca íntimamente, rechazo todo excepto la comida y la bebida. En este momento estoy comiendo muffins porque soy infeliz. Además, me gustan especialmente los muffins. [Se pone de pie].

Jack. [Se pone de pie]. Bueno, esa no es razón para que te los comas todos de esa manera tan codiciosa. [Toma algunos muffins de **Algernon**].

Algernon. [Ofreciendo teacake]. Me gustaría que tomaras teacake en su lugar. No me gusta el teacake.

Jack. ¡Santo cielo! Supongo que un hombre puede comer sus propios muffins en su propio jardín.

Algernon. Pero tú acabas de decir que era totalmente desalmado comer muffins.

Jack. Dije que era totalmente desalmado de tu parte, dadas las circunstancias. Eso es algo muy diferente.

Algernon. Puede ser. Pero los muffins son los mismos. [Le arrebata el plato de muffins a **Jack**].

Jack. Algy, ojalá te fueras.

Algernon. No puedes pedirme que me vaya sin cenar algo. Es absurdo. Nunca me voy sin cenar. Nadie lo hace nunca, excepto los vegetarianos y gente así. Además acabo de arreglar con el Dr. Chasuble para que me bautice a las seis menos cuarto con el nombre de Ernest.

Jack. Mi querido amigo, cuanto antes dejes esas tonterías, mejor. He hecho arreglos esta mañana con el Dr. Chasuble para que me bautice a las 5:30, y naturalmente tomaré el nombre de Ernest. Gwendolen lo desearía. No podemos bautizarnos los dos con el nombre de Ernest. Es absurdo. Además, tengo perfecto derecho a que me bauticen si quiero. No hay prueba alguna de que me haya bautizado nadie. Me parece extremadamente probable que nunca lo haya sido, y lo mismo piensa el Dr. Chasuble. En tu caso es totalmente diferente. Tú ya has sido bautizado.

Algernon. Sí, pero hace años que no me bautizan.

Jack. Sí, pero te han bautizado. Eso es lo importante.

Algernon. Así es. Así sé que mi constitución puede soportarlo. Si no estás muy seguro de haber sido bautizado alguna vez, debo decir que me parece bastante peligroso que te aventures a ello ahora. Podrías ponerte muy mal. Difícilmente habrás olvidado que alguien muy relacionado contigo estuvo a punto de morir esta semana en París a causa de un fuerte resfrío.

Jack. Sí, pero tú mismo dijiste que un fuerte resfrío no era hereditario.

Algernon. No solía serlo, lo sé, pero me atrevo a decir que ahora sí. La ciencia siempre está haciendo mejoras maravillosas en las cosas.

Jack. [Recogiendo el plato de muffins]. Oh, eso son tonterías; siempre estás diciendo tonterías.

Algernon. ¡Jack, estás otra vez con los muffins! Ojalá no lo hicieras. Sólo quedan dos. [Los toma]. Te dije que me gustaban mucho los muffins.

Jack. Pero odio el teacake.

ALGERNON. ¿Por qué demonios permites entonces que se sirva teacake a sus invitados? ¡Qué ideas tienes de la hospitalidad!

JACK. ¡Algernon! Ya te he dicho que te vayas. No te quiero aquí. ¿Por qué no te vas?

ALGERNON. Aún no he terminado el té y todavía me queda un muffin. [**Jack** gime y se hunde en una silla. **Algernon** sigue comiendo].

Acto III

ESCENA

Habitación matinal en Manor House.

[**Gwendolen** y **Cecily** están en la ventana, mirando al jardín].

Gwendolen. El hecho de que no nos siguieran de inmediato al interior de la casa, como habría hecho cualquier otra persona, me parece que demuestra que les queda algo de sentido de la vergüenza.

Cecily. Han estado comiendo muffins. Eso parece arrepentimiento.

Gwendolen. [Tras una pausa]. No parecen reparar en nosotras en absoluto. ¿No podrías toser?

Cecily. Pero no tengo tos.

Gwendolen. Nos están mirando. ¡Qué descaro!

Cecily. Se están acercando. Es muy atrevido de su parte.

Gwendolen. Guardemos un digno silencio.

Cecily. Desde luego. Es lo único que se puede hacer ahora. [Entra **Jack** seguido de Algernon. Silban algún espantoso aire popular de una ópera británica].

Gwendolen. Este silencio digno parece producir un efecto desagradable.

Cecily. Totalmente carente de gusto.

Gwendolen. Pero no seremos los primeros en hablar.

Cecily. Desde luego que no.

Gwendolen. Mr. Worthing, tengo algo muy particular que preguntarle. Mucho depende de su respuesta.

Cecily. Gwendolen, tu sentido común es inestimable. Mr. Moncrieff, tenga la amabilidad de responderme a la siguiente pregunta. ¿Por qué fingió ser el hermano de mi tutor?

Algernon. Para tener la oportunidad de conocerla.

Cecily. [A **Gwendolen**]. Ciertamente parece una explicación satisfactoria, ¿no?

Gwendolen. Sí, querida, si puedes creerle.

Cecily. No puedo. Pero eso no afecta la maravillosa belleza de su respuesta.

Gwendolen. Cierto. En asuntos de grave importancia, el estilo, no la sinceridad, es lo vital. Mr. Worthing, ¿qué explicación puede ofrecerme para fingir que tiene un hermano? ¿Fue para tener la oportunidad de venir a la ciudad a verme tan a menudo como fuera posible?

Jack. ¿Puede dudarlo, Miss Fairfax?

Gwendolen. Tengo las dudas más graves sobre el tema. Pero tengo la intención de acallarlas. Este no es el momento para el escepticismo alemán. [Dirigiéndose a **Cecily**]. Sus explicaciones parecen ser bastante satisfactorias, especialmente la de Mr. Worthing. Me parece que tienen el sello de la verdad.

Cecily. Estoy más que satisfecha con lo que ha dicho Mr. Moncrieff. Sólo su voz le inspira a una una credulidad absoluta.

Gwendolen. Entonces, ¿crees que debemos perdonarles?

Cecily. Sí. Quiero decir que no.

Gwendolen. ¡Es verdad! Lo había olvidado. Hay principios en juego a los que no se puede renunciar. ¿Quién de nosotras debe decírselos? La tarea no es agradable.

Cecily. ¿No podríamos hablar las dos al mismo tiempo?

GWENDOLEN. ¡Una idea excelente! Casi siempre hablo al mismo tiempo que los demás. ¿Me marcas el tiempo?

CECILY. Ciertamente. [**Gwendolen** marca el tiempo con el dedo levantado].

GWENDOLEN y **CECILY.** [Hablando juntas]. Sus nombres de pila siguen siendo una barrera insuperable. ¡Eso es todo!

JACK y **ALGERNON.** [Hablando juntos]. ¡Nuestros nombres de pila! ¿Eso es todo? Pero vamos a ser bautizados esta tarde.

GWENDOLEN. [A **Jack**]. ¿Estás dispuesto a hacer esta cosa terrible por mí?

JACK. Lo estoy.

CECILY. [A **Algernon**]. ¿Estás dispuesto a afrontar esta temible prueba para complacerme?

ALGERNON. ¡Así es!

GWENDOLEN. ¡Qué absurdo es hablar de la igualdad de los sexos! En cuestiones de abnegación, los hombres nos superan infinitamente.

JACK. Así es. [Choca la mano con **Algernon**].

CECILY. Tienen momentos de coraje físico de los que las mujeres no sabemos absolutamente nada.

GWENDOLEN. [A **Jack**]. ¡Cariño!

ALGERNON. [A **Cecily**]. ¡Cariño! [Caen cada uno en brazos del otro].

[Entra **MERRIMAN**. Al entrar tose fuertemente, al ver la situación].

MERRIMAN. ¡Ejem! ¡Ejem! ¡Lady Bracknell!

JACK. ¡Santo cielo!

[Entra **Lady Bracknell**. Las parejas se separan alarmadas. Sale **Merri-**

man].

Lady Bracknell. ¡Gwendolen! ¿Qué significa esto?

Gwendolen. Simplemente que estoy comprometida para casarme con Mr. Worthing, mamá.

Lady Bracknell. Ven aquí. Siéntate. Siéntate inmediatamente. La vacilación de cualquier tipo es un signo de decadencia mental en los jóvenes, de debilidad física en los viejos. [Se vuelve hacia **Jack**]. Informada, señor, de la repentina huida de mi hija por su fiel criada, cuya confianza compré mediante una pequeña moneda, la seguí de inmediato en un tren para el equipaje. Su infeliz padre tiene, me alegra decirlo, la impresión de que ella está asistiendo a una más que habitualmente larga conferencia del Plan de Extensión Universitaria sobre la Influencia de una renta permanente en el Pensamiento. No me propongo desengañarle. De hecho, nunca le he desengañado sobre ninguna cuestión. Lo consideraría un error. Pero, por supuesto, comprenderá claramente que toda comunicación entre usted y mi hija debe cesar inmediatamente a partir de este momento. En este punto, como en todos, soy firme.

Jack. ¡Estoy comprometido para casarme con Gwendolen, Lady Bracknell!

Lady Bracknell. Para nada, señor. ¡Y ahora, en cuanto a Algernon...! ¡Algernon!

Algernon. Sí, tía Augusta.

Lady Bracknell. ¿Puedo preguntarte si es en esta casa donde reside tu amigo inválido, Mr. Bunbury?

Algernon. [Tartamudeando]. ¡Oh! ¡No! Bunbury no vive aquí. Bunbury está en otro lugar en este momento. De hecho, Bunbury está muerto.

Lady Bracknell. ¡Muerto! ¿Cuándo murió Mr. Bunbury? Su muerte debió ser extremadamente repentina.

Algernon. [Airado]. ¡Oh! He matado a Bunbury esta tarde. Quiero decir que el pobre Bunbury murió esta tarde.

LADY BRACKNELL. ¿De qué murió?

ALGERNON. ¿Bunbury? Oh, estaba bastante reventado.

LADY BRACKNELL. ¡Reventado! ¿Fue víctima de un atentado revoluciona-
rio? No sabía que Mr. Bunbury estuviera interesado en la legislación
social. Si es así, está bien castigado por su morbosidad.

ALGERNON. Mi querida tía Augusta, ¡quiero decir que lo descubrieron! Los
médicos descubrieron que Bunbury no podía vivir, eso es lo que quiero decir, así que Bunbury murió.

LADY BRACKNELL. Parece que tenía una gran confianza en la opinión de
sus médicos. Me alegro, sin embargo, de que se decidiera al final por
algún curso de acción definido, y actuara bajo el apropiado consejo
médico. Y ahora que finalmente nos hemos librado de este Mr. Bunbury, ¿puedo preguntarle, Mr. Worthing, quién es esa joven persona
cuya mano mi sobrino Algernon sostiene ahora de una manera que
me parece peculiarmente innecesaria?

JACK. Esa dama es Miss Cecily Cardew, mi pupila. [**Lady Bracknell se
inclina fríamente ante Cecily**].

ALGERNON. Estoy comprometido para casarme con Cecily, tía Augusta.

LADY BRACKNELL. ¿Cómo dices?

CECILY. Mr. Moncrieff y yo estamos comprometidos en matrimonio, Lady
Bracknell.

LADY BRACKNELL. [Con un escalofrío, cruza hasta el sofá y se sienta]. No sé
si hay algo peculiarmente excitante en el aire de esta parte concreta
de Hertfordshire, pero el número de compromisos que se producen
me parece considerablemente superior a la media adecuada que las
estadísticas han establecido para nuestra orientación. Creo que alguna indagación preliminar por mi parte no estaría fuera de lugar.
Mr. Worthing, ¿está Miss Cardew relacionada de algún modo con alguna de las grandes estaciones de ferrocarril de Londres? Sólo deseo

información. Hasta ayer no tenía ni idea de que hubiera familias o personas cuyo origen fuera la Estación Final. [**Jack** parece totalmente furioso, pero se contiene].

Jack. [Con voz clara y fría]. Miss Cardew es nieta del difunto Mr. Thomas Cardew, del 149 de Belgrave Square, S.W.; de Gervase Park, Dorking, Surrey; y de Sporran, Fifeshire, N.B.

Lady Bracknell. Eso no suena insatisfactorio. Tres direcciones siempre inspiran confianza, incluso en los comerciantes. Pero, ¿qué pruebas tengo de su autenticidad?

Jack. He conservado cuidadosamente las Guías de la Corte de la época. Están abiertas a su inspección, Lady Bracknell.

Lady Bracknell. [Con tono grave]. He conocido extraños errores en esa publicación.

Jack. Los abogados de la familia de Miss. Cardew son los Messrs. Markby, Markby y Markby.

Lady Bracknell. ¿Markby, Markby y Markby? Una firma de la más alta posición en su profesión. De hecho, me han dicho que uno de los Mr. Markby se deja ver ocasionalmente en las cenas. Hasta aquí estoy satisfecha.

Jack. [Muy irritado]. ¡Qué extremadamente amable de su parte, Lady Bracknell! También tengo en mi poder, le complacerá oírlo, certificados de nacimiento, bautismo, tos ferina, registro, vacunación, confirmación y sarampión de Miss Cardew; tanto de la variedad alemana como de la inglesa.

Lady Bracknell. ¡Ah! Una vida repleta de incidentes, por lo que veo; aunque quizá demasiado emocionante para una jovencita. Yo misma no soy partidaria de las experiencias prematuras. [Se levanta, mira su reloj]. ¡Gwendolen! Se acerca la hora de nuestra partida. No tenemos ni un momento que perder. Por una cuestión de forma, Mr. Worthing, será mejor que le pregunte si Miss Cardew tiene alguna pequeña fortuna.

JACK. ¡Oh! Unas ciento treinta mil libras en los Fondos. Eso es todo. Adiós, Lady Bracknell. Encantado de haberla visto.

LADY BRACKNELL. [Sentándose de nuevo]. Un momento, Mr. Worthing. ¡Ciento treinta mil libras! ¡Y en los Fondos! Miss Cardew me parece una joven muy atractiva, ahora que la miro bien. Pocas muchachas de hoy en día tienen alguna cualidad realmente sólida, alguna de las cualidades que perduran y mejoran con el tiempo. Vivimos, lamento decirlo, en una época de superficies. [A **Cecily**]. Ven aquí, querida. [**Cecily** cruza]. ¡Bonita niña! tu vestido es tristemente sencillo, y tu pelo parece casi como la Naturaleza podría haberlo dejado. Pero pronto podremos cambiar todo eso. Una criada francesa con mucha experiencia produce un resultado realmente maravilloso en muy poco tiempo. Recuerdo haber recomendado una a la joven Lady Lancing, y al cabo de tres meses su propio marido no la conocía.

JACK. Y después de seis meses nadie la conocía.

LADY BRACKNELL. [Mira fijamente a **Jack** por unos instantes. Luego se inclina, con una sonrisa falsa, hacia **Cecily**]. Gírate amablemente, dulce niña. [**Cecily** se gira completamente]. No, la vista lateral es lo que quiero. [**Cecily** presenta su perfil]. Sí, tal como esperaba. Hay claras posibilidades sociales en su perfil. Los dos puntos débiles de nuestra época son su falta de principios y su falta de perfil. La barbilla un poco más alta, querida. El estilo depende en gran medida de cómo se lleve la barbilla. En la actualidad se llevan muy altas. ¡Algernon!

ALGERNON. ¡Sí, tía Augusta!

LADY BRACKNELL. Hay claras posibilidades sociales en el perfil de Miss Cardew.

ALGERNON. Cecily es la muchacha más dulce, querida y bonita de todo el mundo. Y no me importan dos peniques las posibilidades sociales.

LADY BRACKNELL. Nunca hables irrespetuosamente de la sociedad, Algernon. Sólo la gente que no puede entrar en ella hace eso. [A **Cecily**]. Querida niña, por supuesto que sabes que Algernon no tiene nada más que sus deudas para depender. Pero no apruebo los matrimonios mercenarios. Cuando me casé con Lord Bracknell yo no tenía fortuna de ningún tipo. Pero nunca soñé ni por un momento con permitir que eso se interpusiera en mi camino. Bueno, supongo que debo dar mi consentimiento.

ALGERNON. Gracias, tía Augusta.

LADY BRACKNELL. Cecily, ¡puedes besarme!

CECILY. [La besa]. Gracias, Lady Bracknell.

LADY BRACKNELL. También puedes dirigirte a mí como tía Augusta de ahora en más.

CECILY. Gracias, tía Augusta.

LADY BRACKNELL. Creo que será mejor que el matrimonio se celebre muy pronto.

ALGERNON. Gracias, tía Augusta.

CECILY. Gracias, tía Augusta.

LADY BRACKNELL. Para hablar con franqueza, no estoy a favor de los compromisos largos. Dan a la gente la oportunidad de conocer el carácter del otro antes del matrimonio, lo que creo que nunca es aconsejable.

JACK. Disculpe que la interrumpa, Lady Bracknell, pero este compromiso está fuera de lugar. Soy el tutor de Miss Cardew, y ella no puede casarse sin mi consentimiento hasta que sea mayor de edad. Ese consentimiento declino absolutamente darlo.

LADY BRACKNELL. ¿Puedo preguntarle en qué se basa? Algernon es un joven extremadamente, casi podría decir ostentosamente, elegible. No tiene nada, pero lo aparenta todo. ¿Qué más se puede desear?

JACK. Me duele mucho tener que hablarle con franqueza, Lady Bracknell, sobre su sobrino, pero el hecho es que no apruebo en absoluto su carácter moral. Sospecho que no es sincero. [**Algernon** y **Cecily** le miran con indignado asombro].

LADY BRACKNELL. ¡Que no es sincero! ¿Mi sobrino Algernon? ¡Imposible! Estudión en Oxford.

JACK. Me temo que no puede haber duda posible sobre el asunto. Esta tarde, durante mi ausencia temporal en Londres por una importante cuestión romántica, consiguió ser admitido en mi casa mediante el falso pretexto de ser mi hermano. Bajo un nombre falso se bebió, según me acaba de informar mi mayordomo, una botella entera de mi Perrier-Jouet, Brut, del '89; vino que yo reservaba especialmente para mí. Continuando con su vergonzoso engaño, consiguió en el transcurso de la tarde enajenar el afecto de mi única pupila. Posteriormente se quedó a tomar el té y devoró todos los muffins. Y lo que hace que su conducta sea aún más despiadada es que él sabía perfectamente desde el principio que yo no tengo hermano, que nunca lo he tenido y que no tengo intención de tenerlo, ni siquiera de ningún tipo. Yo mismo se lo dije claramente ayer por la tarde.

LADY BRACKNELL. ¡Ejem! Mr. Worthing, después de considerarlo detenidamente he decidido pasar por alto por completo la conducta de mi sobrino hacia usted.

JACK. Es muy generoso por su parte, Lady Bracknell. Mi decisión, sin embargo, es inalterable. Declino dar mi consentimiento.

LADY BRACKNELL. [A **Cecily**]. Ven aquí, dulce niña. [**Cecily** se acerca]. ¿Cuántos años tienes, querida?

CECILY. Bueno, en realidad sólo tengo dieciocho años, pero siempre admito tener veinte cuando voy a fiestas por la tarde.

LADY BRACKNELL. Tienes toda la razón al hacer alguna ligera alteración. De hecho, ninguna mujer debería ser del todo exacta sobre su edad. Parece tan calculador... [De forma meditativa]. Dieciocho, pero admite los veinte en las fiestas por la tarde. Bueno, no pasará mucho tiempo antes de que seas mayor de edad y estés libre de las ataduras de la tutela. Así que no creo que el consentimiento de su tutor sea, después de todo, un asunto de importancia.

JACK. Le ruego que me disculpe, Lady Bracknell, por interrumpirla de nuevo, pero es justo decirle que, según los términos del testamento de su abuelo, Miss Cardew no alcanza la mayoría de edad legal hasta los treinta y cinco años.

Lady Bracknell. No me parece una objeción grave. Treinta y cinco es una edad muy atractiva. La sociedad londinense está llena de mujeres de la más alta cuna que, por propia elección, han permanecido treinta y cinco años. Lady Dumbleton es un ejemplo de ello. Que yo sepa, ha tenido treinta y cinco años desde que llegó a los cuarenta, hace ya muchos años. No veo razón alguna para que nuestra querida Cecily no sea aún más atractiva a la edad que usted menciona de lo que es en la actualidad. Habrá una gran acumulación de bienes.

Cecily. Algy, ¿podrías esperarme hasta los treinta y cinco?

Algernon. Claro que podría, Cecily. Sabes que podría.

Cecily. Sí, lo sentí instintivamente, pero no puedo esperar todo ese tiempo. Odio esperar incluso cinco minutos por alguien. Siempre me pone de mal humor. Yo misma no soy puntual, lo sé, pero me gusta la puntualidad en los demás, y esperar, incluso para casarse, está fuera de lugar.

Algernon. Entonces, ¿qué hay que hacer, Cecily?

Cecily. No lo sé, Mr. Moncrieff.

Lady Bracknell. Mi querido Mr. Worthing, dado que Miss Cardew afirma rotundamente que no puede esperar hasta los treinta y cinco años —una observación que, me veo obligado a decir, me parece que demuestra una naturaleza un tanto impaciente— le rogaría que reconsiderara su decisión.

Jack. Pero mi querida Lady Bracknell, el asunto está enteramente en sus manos. En el momento en que consienta mi matrimonio con Gwendolen, con mucho gusto permitiré que su sobrino forme una alianza con mi pupila.

Lady Bracknell. [Levantándose y poniéndose en pie.] Debe ser muy consciente de que lo que propone está fuera de lugar.

Jack. Entonces un celibato apasionado es todo lo que cualquiera de nosotros puede esperar.

Lady Bracknell. Ese no es el destino que propongo para Gwendolen. Algernon, por supuesto, puede elegir por sí mismo. [Saca su reloj]. Vamos, querida, [**Gwendolen** se levanta] ya hemos perdido cinco, si no seis, trenes. Perder alguno más podría exponernos a comentarios en el andén.

[Entra el **Dr. Chasuble**].

Chasuble. Todo está listo para los bautismos.

Lady Bracknell. ¡Los bautismos, señor! ¿No es algo prematuro?

Chasuble. [Mirando algo desconcertado y señalando a **Jack** y a **Algernon**]. Ambos caballeros han expresado su deseo de bautizarse inmediatamente.

Lady Bracknell. ¿A su edad? ¡La idea es grotesca e irreligiosa! Algernon, te prohíbo que te bautices. No escucharé tales excesos. Lord Bracknell se disgustaría mucho si supiera que ésa es la forma en que malgastas tu tiempo y tu dinero.

Chasuble. ¿Debo entender entonces que no habrá ningún bautismo esta tarde?

Jack. No creo que, tal y como están las cosas ahora, tenga mucho valor práctico para ninguno de los dos, Dr. Chasuble.

Chasuble. Me apena oír tales sentimientos viniendo de usted, Mr. Worthing. Saben a las opiniones heréticas de los anabaptistas, opiniones que he refutado completamente en cuatro de mis sermones inéditos. Sin embargo, como su estado de ánimo actual parece ser uno peculiarmente secular, volveré a la iglesia de inmediato. De hecho, acabo de ser informado por la persona que abre los bancos de la iglesia de que durante la última hora y media Miss Prism me ha estado esperando en la sacristía.

Lady Bracknell. [¡Miss Prism! ¿Le he oído mencionar a una tal Miss

Prism?

Chasuble. Sí, Lady Bracknell. Voy de camino a reunirme con ella.

Lady Bracknell. Le ruego me permita detenerle un momento. Este asunto puede resultar de vital importancia para Lord Bracknell y para mí. ¿Es esta Miss Prism una mujer de aspecto repelente, vagamente relacionada con la educación?

Chasuble. [Algo indignado]. Es la más cultivada de las damas y la imagen misma de la respetabilidad.

Lady Bracknell. Evidentemente se trata de la misma persona. ¿Puedo preguntarle qué cargo ocupa ella en su hogar?

Chasuble. [Severamente]. Soy célibe, señora.

Jack. [Interponiéndose]. Miss Prism, Lady Bracknell, ha sido durante los últimos tres años la estimada institutriz y valiosa compañera de Miss Cardew.

Lady Bracknell. A pesar de lo que oigo de ella, debo verla de inmediato. Que la manden llamar.

Chasuble. [Mirando por la ventana]. Ella está viniendo; está cerca.

[Entra **Miss Prism** apresuradamente].

Miss Prism. Me dijeron que me esperaba en la sacristía, querido Canónigo. Llevo esperándole allí una hora y tres cuartos. [Ve de reojo a **Lady Bracknell**, que la ha clavado una mirada pétrea. **Miss Prism** palidece y se estremece. Mira ansiosamente a su alrededor, deseosa de escapar].

Lady Bracknell. [Con voz severa y dando órdenes]. ¡Prism! [**Miss Prism** agacha la cabeza avergonzada.] ¡Venga aquí, Prism! [**Miss Prism** se acerca humildemente]. ¡Prism! ¿Dónde está el bebé? [Consternación general. El **Canónigo** retrocede horrorizado. **Algernon** y **Jack** fingen estar ansiosos por proteger a **Cecily** y **Gwendolen** de escuchar los detalles de un terrible escándalo público]. Hace veintiocho años, Prism, usted dejó la casa de Lord Bracknell, número 104, Upper Grosvenor Street, a cargo de un cochecito que contenía un bebé de sexo masculino. Usted nunca regresó. Unas semanas más tarde, gracias a las elaboradas investigaciones de la policía metropolitana, el cochecito fue descubierto a medianoche, parado en un rincón apartado de Bayswater. Contenía el manuscrito de una novela en tres volúmenes de un sentimentalismo más que habitualmente repugnante. [**Miss Prism** se sobresalta con involuntaria indignación]. ¡Pero el bebé no estaba allí! [Todos miran a **Miss Prism**]. ¡Prism! ¿Dónde está ese bebé? [Una pausa].

Miss Prism. Lady Bracknell, admito con vergüenza que no lo sé. ¡Cuánto desearía saberlo! Los simples hechos del caso son éstos. La mañana del día que usted menciona, un día que está marcado para siempre en mi memoria, me preparé como de costumbre para sacar al bebé en su cochecito. También llevaba conmigo un bolso de mano algo viejo, pero de gran capacidad, en el que tenía la intención de colocar el manuscrito de una obra de ficción que había escrito durante mis pocas horas desocupadas. En un momento de abstracción mental, que nunca podré perdonarme, deposité el manuscrito en el cochecito y metí al bebé en el bolso de mano.

Jack. [Que ha estado escuchando atentamente]. ¿Pero... dónde depositó el bolso de mano?

Miss Prism. No me pregunte, Mr. Worthing.

Jack. Miss Prisma, este es un asunto de no poca importancia para mí. Insisto en saber dónde depositó el bolso de mano que contenía a ese bebé.

Miss Prism. La dejé en el guardarropa de una de las estaciones de tren más grandes de Londres.

Jack. ¿Qué estación de tren?

Miss Prism. [Abatida]. Victoria. La línea que va a Brighton. [Se hunde en una silla].

Jack. Debo retirarme a mi habitación por un momento. Gwendolen, espérame aquí.

GWENDOLEN. Si no tardas mucho, te esperaré aquí toda mi vida. [Sale **Jack** muy excitado].

CHASUBLE. ¿Qué cree que significa esto, Lady Bracknell?

LADY BRACKNELL. Ni siquiera me atrevo a sospechar, Dr. Chasuble. No hace falta que le diga que en las familias de alta posición no se supone que ocurran extrañas coincidencias. Apenas se consideran como tal.

[Se oyen ruidos en lo alto como si alguien estuviera tirando baúles. Todos miran hacia arriba].

CECILY. El tío Jack parece extrañamente agitado.

CHASUBLE. Su tutor tiene una naturaleza muy emocional.

LADY BRACKNELL. Este ruido es extremadamente desagradable. Suena como si estuviera discutiendo. Me disgustan las discusiones de cualquier tipo. Siempre son vulgares, y a menudo convincentes.

CHASUBLE. [Mirando hacia arriba]. Ya ha parado. [El ruido se reanuda].

LADY BRACKNELL. Ojalá llegara a alguna conclusión.

GWENDOLEN. Este suspense es terrible. Espero que dure. [Entra **Jack** con un bolso de cuero negro en la mano].

JACK. [Se acerca corriendo hacia Miss Prism]. ¿Es éste el bolso de mano, Miss Prism? Examínelo cuidadosamente antes de hablar. La felicidad de más de una vida depende de su respuesta.

MISS PRISM. [Con calma]. Parece ser mío. Sí, aquí está la herida que recibió por el vuelco de un ómnibus de Gower Street en días más jóvenes y felices. Aquí está la mancha en el forro causada por la explosión de una bebida antialcohólica, un incidente que ocurrió en Leamington. Y aquí, en la cerradura, están mis iniciales. Había olvidado que en un arrebato de extravagancia las había hecho colocar allí. El bolso es indudablemente mío. Estoy encantada de que me lo hayan devuelto tan inesperadamente. Ha sido un gran inconveniente estar sin él todos estos años.

JACK. [Con voz patética]. Miss Prism, se le devuelve más que este bolso de mano. Yo era el bebé que usted colocó en ella.

MISS PRISM. [Asombrada]. ¿Usted?

JACK. [Abrazándola]. ¡Sí... madre!

MISS PRISM. [Retrocediendo indignada]. ¡Mr. Worthing! ¡Soy soltera!

JACK. ¡Soltera! No niego que sea un duro golpe. Pero después de todo, ¿quién tiene derecho a arrojar una piedra contra alguien que ha sufrido? ¿No puede el arrepentimiento borrar un acto de insensatez? ¿Por qué debe haber una ley para los hombres y otra para las mujeres? Madre, te perdono. [Intenta abrazarla de nuevo].

MISS PRISM. [Aún más indignada]. Mr. Worthing, hay un error. [Señalando a **Lady Bracknell**]. Ella es la dama que puede decirle quién es usted realmente.

JACK. [Tras una pausa]. Lady Bracknell, odio parecer inquisitivo, pero ¿sería tan amable de informarme quién soy?

LADY BRACKNELL. Me temo que las noticias que tengo que darle no le agradarán del todo. Usted es el hijo de mi pobre hermana, Mrs. Moncrieff, y por consiguiente el hermano mayor de Algernon.

JACK. ¡El hermano mayor de Algy! Entonces tengo un hermano después de todo. ¡Sabía que tenía un hermano! ¡Siempre dije que tenía un hermano! Cecily... ¿cómo pudiste dudar alguna vez de que tenía un hermano? [Toma a **Algernon**]. Dr. Chasuble, mi desafortunado hermano. Miss Prism, mi desafortunado hermano. Gwendolen, mi desafortunado hermano. Algy, joven canalla, tendrás que tratarme con más respeto en el futuro. Nunca te has comportado conmigo como un hermano en toda tu vida.

ALGERNON. Bueno, no hasta hoy, viejo amigo, lo admito. Hice lo que pude, sin embargo, aunque estaba falto de práctica.

[Se dan la mano.]

Gwendolen. [A **Jack**]. ¡Mi dueño! ¿Pero quién eres? ¿Cuál es tu nombre de pila, ahora que te has convertido en otro?

Jack. ¡Santo cielo! ... Había olvidado por completo ese punto. Tu decisión sobre el tema de mi nombre es irrevocable, supongo.

Gwendolen. Nunca cambio, excepto en mis afectos.

Cecily. ¡Qué naturaleza tan noble tienes, Gwendolen!

Jack. Entonces será mejor aclarar la cuestión de una vez. Tía Augusta, un momento. Cuando Miss Prism me dejó en el bolso de mano, ¿ya me habían bautizado?

Lady Bracknell. Todos los lujos que el dinero podía comprar, incluido el bautismo, te habían sido prodigados por tus cariñosos y mimosos padres.

Jack. Entonces me bautizaron. Eso está decidido. Ahora, ¿qué nombre me dieron? Dígame lo peor.

Lady Bracknell. Siendo el hijo mayor fue naturalmente bautizado como su padre.

Jack. [Irritado]. Sí, pero ¿cuál era el nombre de pila de mi padre?

Lady Bracknell. [Meditativamente]. En este momento no puedo recordar cuál era el nombre de pila del General. Pero no me cabe duda de que tenía uno. Era excéntrico, lo admito. Pero sólo en los últimos años. Y eso fue el resultado del clima indio, y el matrimonio, y la indigestión, y otras cosas por el estilo.

Jack. ¡Algy! ¿No recuerdas cuál era el nombre de pila de nuestro padre?

Algernon. Mi querido muchacho, nunca nos hablamos. Murió antes de que yo cumpliera un año.

Jack. Supongo que su nombre aparecería en las listas del ejército de la época, tía Augusta.

LADY BRACKNELL. El General era esencialmente un hombre de paz, excepto en su vida doméstica. Pero no dudo de que su nombre aparecería en cualquier directorio militar.

JACK. Las listas del ejército de los últimos cuarenta años están aquí. Estos deliciosos registros deberían haber sido mi estudio constante. [Corre a la estantería y tira de los libros]. M. Generales... Mallam, Maxbohm, Magley, qué nombres tan espantosos tienen... Markby, Migsby, Mobbs, !Moncrieff! Teniente 1840, Capitán, Teniente-Coronel, Coronel, General 1869, nombres cristianos, Ernest John. [Deja el libro muy tranquilamente y habla con toda calma]. Siempre te dije, Gwendolen, que me llamaba Ernest, ¿verdad? Bueno, después de todo es Ernest. Quiero decir que, naturalmente, es Ernest.

LADY BRACKNELL. Sí, ahora recuerdo que el General se llamaba Ernest, sabía que tenía alguna razón particular para que no me gustara ese nombre.

GWENDOLEN. ¡Ernest! ¡Ernest, mi dueño! ¡Sentí desde el primer momento que no podías tener otro nombre!

JACK. Gwendolen, es terrible para un hombre descubrir de repente que toda su vida no ha dicho más que la verdad. ¿Puedes perdonarme?

GWENDOLEN. Puedo hacerlo. Porque siento que estás seguro de cambiar.

JACK. ¡Mi dueña!

CHASUBLE. [A **Miss Prism**]. ¡Lætitia! [La abraza].

MISS PRISM. [Con entusiasmo]. ¡Frederick! ¡Por fin!

ALGERNON. ¡Cecily! [La abraza]. ¡Por fin!

JACK. ¡Gwendolen! [La abraza]. ¡Por fin!

LADY BRACKNELL. Sobrino mío, pareces mostrar signos de trivialidad.

Jack. Al contrario, tía Augusta, ahora me he dado cuenta por primera vez en mi vida de la vital importancia de ser serio de verdad.

TELÓN

CLÁSICOS EN ESPAÑOL

Esperamos que haya disfrutado esta lectura. ¿Quiere leer otra obra de nuestra colección de *Clásicos en español*?

En nuestro Club del Libro encontrarás artículos relacionados con los libros que publicamos y la literatura en general. ¡Suscríbete en nuestra página web y te ofrecemos un ebook gratis por mes!

Recibe tu copia totalmente gratuita de nuestro *Club del libro* en rosettaedu.com/pages/club-del-libro

Rosetta Edu

CLÁSICOS EN ESPAÑOL

Una habitación propia se estableció desde su publicación como uno de los libros fundamentales del feminismo. Basado en dos conferencias pronunciadas por Virginia Woolf en colleges para mujeres y ampliado luego por la autora, el texto es un testamento visionario, donde tópicos característicos del feminismo por casi un siglo son expuestos con claridad tal vez por primera vez.

Oscar Wilde escribe una sola novela, *El retrato de Dorian Gray*; ésta fue el objeto de una crítica moralizante mordaz por parte de sus contemporáneos que no pudieron ver que dentro de una trama perfectamente compuesta se escondía toda la tragedia del romanticismo. Cien años después no ha perdido su impacto original y sigue siendo un texto fundamental para los debates sobre la estética y la moral.

Otra vuelta de tuerca es una de las novelas de terror más difundidas en la literatura universal y cuenta una historia absorbente, siguiendo a una institutriz a cargo de dos niños en una gran mansión en la campiña inglesa que parece estar embrujada. Los detalles de la descripción y la narración en primera persona van conformando un mundo que puede inspirar genuino terror.

rosettaedu.com

Rosetta Edu

EDICIONES BILINGÜES

En una atmósfera constante de misterio y amenaza, *El corazón de las tinieblas* narra el peligroso viaje de Marlow por un río (sin duda el Congo aunque no es nombrado en el relato) africano. Lo que el marino puede observar en su viaje le horroriza, le deja perplejo, y pone en tela de juicio las bases mismas de la civilización y la naturaleza humana.

Durante décadas, y acercándose a su centenario, *El gran Gatsby* ha sido considerada una obra maestra de la literatura y candidata al título de «Gran novela americana» por su dominio al mostrar la pura identidad americana junto a un estilo distinto y maduro. La edición bilingüe permite apreciar los detalles del texto original y constituye un paso obligado para aprender el inglés en profundidad.

En *La señora Dalloway* Virginia Woolf relata un día en la vida de Clarissa Dalloway, una señora de la clase alta casada con un miembro del parlamento inglés, y de un ex-combatiente que lucha contra su enfermedad mental. La innovación de la novela es la corriente de consciencia: Woolf sigue el pensamiento de cada personaje, siendo excelente a la hora de narrar emociones, asociaciones y sentimientos.

rosettaedu.com